STS

山田社

U0080089

天天開口說的

初級英文法

134

里昂 著

山田社
Shan Tian She

《天天開口説的 初級英文法 134》精選老外天天都會用的文法 134 個，針對初學者設計，讓您不用出門，在家練功就可成為英語達人！特色：

1. 逗趣插畫，可愛無法擋，一讀就上癮！
2. 漫畫式講解＋要點整理，一眼就記住！
3. 文法筆記化整理，一句達陣！
4. 朗讀 MP3 ＋書本，邊聽邊學超效率！

本書強調刪除抽象、繁複、多餘的解釋，達到有效學習，是初階英文最適合的學習方法。

內容

1. **擺脫抽象的文法解釋，說得像聊天一樣！**

   初級英文法要學哪些？怎麼應用？

   您要知道的就這麼簡單！本書結構安排簡單明瞭，每個文法搭配「少」而「精準」的文字解說，讓您理解文法。就算 all in one 也不會複雜、難懂、讀不完！

2. **用「短短的例句」＋「圖像」＋「小筆記」就能學會每個初級英文法！**

   本書將每個文法套用「短短的例句」，並搭配「功能性圖像、故事」，帶您進入文法實境秀！模擬實境，自然而然就知道文法怎麼應用！

   此外，還貼心的將每個文法應用加上「小筆記」，並在需要的地方增加小專欄，許多文法小技巧都藏在裡面，像守護精靈一樣，隨時跳出來幫您除去文法疑點，扎實文法基礎！

3. 學會初級英文法，開口就能說！

本書總共 271 個主要句，816 個延伸例句，都是您生活常用到的句子。
不論是想表達的想法心情、想聊的生活近況、想分享的未來目標…要
用的句子文法都學到了，想說就能開口說！

4. 附贈美籍老師錄音光碟，用聽的輕鬆記住文法

隨書附贈由美籍老師錄音朗讀 MP3，可以運用零碎時間「用聽的學」，
加深單字、文法印象，增強聽、說能力，擁有一口連外國都驚訝的標
準英文腔。

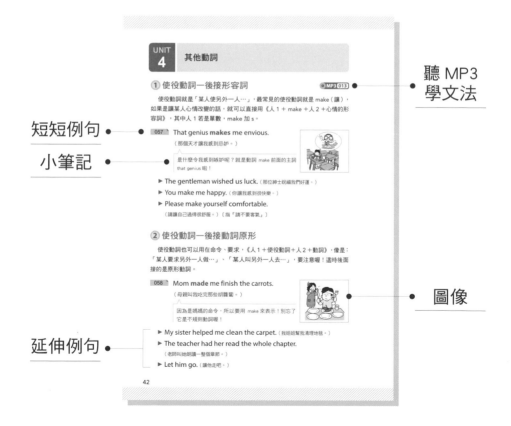

contents

UNIT 1　be 動詞／一般動詞　　14

1.　be 動詞 am ···14
2.　主詞＋ be 動詞＋補語 ·····························14
3.　be 動詞 is, are ···15
4.　主詞（複數）＋ are ································15
5.　主詞＋一般動詞 ··15
6.　一般動詞：及物動詞 ·····························16
7.　一般動詞：不及物動詞 ··························16
8.　第三人稱單數：一般情況動詞加 s ·········17
9.　第三人稱複數：動詞不加 s ·····················17
10.　第三人稱單數：動詞加 -s, -es 的情況 ······18
11.　be 動詞否定 ··18
12.　be 動詞否定式縮寫 ·································19
13.　一般動詞否定：do not ＋原形動詞 ·········19
14.　一般動詞否定：does not ＋原形動詞 ·······19
15.　疑問句：be 動詞＋主詞 ·····················20
16.　疑問句回答：yes/ No, 代名詞＋ be 動詞 ·····20
17.　疑問句：Do ＋主詞＋原形動詞 ···········21
18.　疑問句：Does ＋主詞＋原形動詞 ·········21

UNIT 2　不同時式　　23

1.　過去式：be 動詞 was, were ·····················23
2.　過去否定：be 動詞 wasn't, weren't ·········23
3.　過去疑問：be 動詞＋主詞 ·····················24
4.　過去式：一般動詞加 -ed ·····················24
5.　過去式：一般動詞加 -ed, -ied 的情況 ·······24
6.　過去式：不規則變化動詞 ·······················25
7.　過去式：規則動詞 ····································25
8.　一般動詞過去否定式 ·······························26

9. 一般動詞過去疑問式 ·· 26

10. 進行式：be 動詞＋動詞 -ing ······························ 27

11. 進行式否定形 ·· 27

12. 進行式疑問句 ·· 28

13. 未來式：will ＋原形動詞 ································· 28

14. 未來式：意志未來 ·· 29

15. 未來式否定形 ·· 29

16. be 動詞未來形：will be ··································· 30

17. 未來式疑問句：will ＋主詞＋原形動詞 ················ 30

18. 未來式疑問句：will ＋主詞＋ be ······················· 31

19. 未來式：表示請求 ·· 31

20. 未來式：誘勸對方 ·· 32

21. Be going to：表示將來要發生的動作 ················· 32

22. Be going to：be 動詞開頭疑問句 ······················ 32

23. Be going to：疑問詞開頭疑問句 ······················· 33

24. Be going to：否定式 ·· 33

UNIT 3　助動詞　　35

1. Will you ·· 35

2. Shall I ··· 35

3. Shall we ·· 36

4. can ··· 36

5. may ··· 37

6. must ·· 37

7. should ·· 37

8. 否定式 can not ··· 38

9. 否定式 may/ must ＋ not ··································· 38

10. can 的疑問句 ··· 39

11. may, must 的疑問句 ··· 39

12. 有助動詞功能的 Have to ···································· 40

13. Have to 疑問句用法 ·· 40

14. Have to 否定句用法 ·· 41

contents

UNIT 4　其他動詞　42

1.　使役動詞—後接形容詞 ···42
2.　使役動詞—後接動詞原形 ···42
3.　威官動詞＋原形動詞（表示事實、狀態）·····················43
4.　威官動詞＋動名詞（表示動作正在進行）·····················43
5.　其他動詞：spend ··43
6.　其他動詞：take ···44
7.　be 動詞的另一個意思—「存在」······························44
8.　be 動詞「存在」的否定、疑問形 ·····························45
9.　be 動詞的另一個意思—「有」·································45
10.　be 動詞「有」的否定、疑問形 ·······························46

UNIT 5　名詞與代名詞　47

1.　名詞當主詞 ···47
2.　名詞當修飾詞 ···47
3.　名詞當動詞的受詞 ···47
4.　名詞當主詞補語 ···48
5.　名詞的複數形：名詞加 -s ···48
6.　名詞的複數形：名詞加 -es ··49
7.　名詞的複數形：名詞去 y 加 -ies ································49
8.　名詞的複數形：不規則變化 ··49
9.　可數名詞跟不可數名詞 ···50
10.　表示「量」的形容詞 ···51
11.　用「可數」數「不可數」名詞 ···································51
12.　人稱代名詞 ···51
13.　第一、第二、第三人稱代名詞 ···································52
14.　人稱代名詞作受格 ···52
15.　受格人稱代名詞的單複數形 ·······································53

16. 指示代名詞：this, these ⋯⋯⋯⋯⋯⋯⋯⋯⋯⋯⋯⋯53

17. 指示代名詞：that, those ⋯⋯⋯⋯⋯⋯⋯⋯⋯54

18. 指示代名詞：this ⋯⋯⋯⋯⋯⋯⋯⋯⋯⋯⋯⋯⋯54

19. 指示代名詞：that ⋯⋯⋯⋯⋯⋯⋯⋯⋯⋯⋯⋯⋯54

20. 名詞及代名詞的所有格 -'s（⋯的）⋯⋯⋯⋯⋯55

21. 無生命物名詞所有格用 of ⋯⋯⋯⋯⋯⋯⋯⋯55

22. 人稱代名詞所有格 ⋯⋯⋯⋯⋯⋯⋯⋯⋯⋯⋯56

23. this, that 表示「的」的意思 ⋯⋯⋯⋯⋯⋯⋯56

24. 所有代名詞 ⋯⋯⋯⋯⋯⋯⋯⋯⋯⋯⋯⋯⋯⋯56

25. 反身代名詞 ⋯⋯⋯⋯⋯⋯⋯⋯⋯⋯⋯⋯⋯⋯57

26. 反身代名詞強調主詞 ⋯⋯⋯⋯⋯⋯⋯⋯⋯⋯58

27. 不定代名詞：some ⋯⋯⋯⋯⋯⋯⋯⋯⋯⋯⋯58

28. 不定代名詞：something, somebody, someone ⋯58

29. 不定代名詞：any ⋯⋯⋯⋯⋯⋯⋯⋯⋯⋯⋯⋯59

30. 不定代名詞：anything, anybody, anyone ⋯⋯59

31. 不定代名詞：each ⋯⋯⋯⋯⋯⋯⋯⋯⋯⋯⋯60

32. 不定代名詞：both, either ⋯⋯⋯⋯⋯⋯⋯⋯60

33. 不定代名詞：one ⋯⋯⋯⋯⋯⋯⋯⋯⋯⋯⋯61

34. 不定代名詞：another, the other ⋯⋯⋯⋯⋯61

35. it 的其他用法（表示天氣、時間等）⋯⋯⋯62

36. it 對應不定詞 ⋯⋯⋯⋯⋯⋯⋯⋯⋯⋯⋯⋯⋯62

37. we, you, they 的其他用法（一般人、人們）⋯62

38. 含有代名詞的片語 ⋯⋯⋯⋯⋯⋯⋯⋯⋯⋯⋯63

UNIT 6 冠詞、形容詞跟副詞　　64

1. 冠詞 a 跟 the ⋯⋯⋯⋯⋯⋯⋯⋯⋯⋯⋯⋯⋯64

2. the 的定義 ⋯⋯⋯⋯⋯⋯⋯⋯⋯⋯⋯⋯⋯⋯64

3. a ＋單數名詞 ⋯⋯⋯⋯⋯⋯⋯⋯⋯⋯⋯⋯⋯65

4. the ＋複數名詞／不可數名詞 ⋯⋯⋯⋯⋯65

5. a ＋單位（每⋯）⋯⋯⋯⋯⋯⋯⋯⋯⋯⋯⋯65

6. a 表示同種類的全體 ⋯⋯⋯⋯⋯⋯⋯⋯⋯66

contents

7. the ＋特定事物／序數詞 ·································· 66

8. 知道對方指的事物也用 the ························· 67

9. the 用在成語中 ······································· 67

10. a 用在成語中 ··· 68

11. 省略冠詞的情況 ······································ 68

12. 不加冠詞的狀況 ······································ 68

13. 形容詞的定義 ··· 69

14. 名詞前可有多種形容詞修飾 ······················· 69

15. 形容詞當作 be 動詞補語的用法 ··················· 69

16. many, much ··· 70

17. a lot of ·· 70

18. a few, a little ·· 71

19. few, litte ·· 71

20. 表示數跟量的形容詞 ································· 72

21. 數詞 some ·· 72

22. 數詞 any ·· 72

23. 數詞 any 否定形 ······································ 73

24. 副詞修飾動詞的情況 ································· 73

25. 副詞修飾形容詞的情況 ······························ 74

26. 頻率副詞 ·· 74

27. very much ··· 75

28. even, ony ·· 75

UNIT 7　句型 ‧ 各種句子　76

1. 動詞 become ＋補語 ································· 76

2. 後接補語的動詞 ······································ 76

3. 及物動詞後接受詞，不及物動詞不接受詞 ········· 77

4. 主詞＋動詞＋間接受詞＋直接受詞 ················ 77

5. 常接兩個受詞的動詞 ································· 78

6. 主詞＋動詞＋受詞＋受詞補語 ······················ 79

7. 形容詞當受詞補語時 ································· 79

8. make ＋受詞＋原形動詞（讓…） ··· 80

9. let ＋受詞＋原形動詞（讓…） ·· 80

10. 疑問詞：what（什麼） ··· 81

11. 疑問詞：who（誰）、which（哪一個） ··· 81

12. 疑問詞：what（什麼的）、which（哪個的） ································· 81

13. 疑問詞：whose（誰的） ·· 82

14. 疑問詞：when（什麼時候）、where（哪裡） ······························· 82

15. 疑問詞：why（為什麼） ·· 83

16. 疑問詞：how（問方法、手段） ·· 83

17. 疑問詞：how（問健康、天氣） ·· 84

18. How old ··· 84

19. How long ··· 84

20. How many, How much ··· 85

21. 其他 how 開頭的疑問句 ·· 85

22. 疑問詞為主詞的疑問句型 ·· 85

23. what（問時間、日期、星期） ··· 86

24. 一般疑問句回答不用 Yes/ No 的情況 ··· 86

25. which..., A or B? ·· 87

26. 用 never 表示否定 ·· 87

27. 部分否定 ··· 88

28. 「no ＋名詞」表示否定 ··· 88

29. 用 nothing, nobody, no one 表示否定 ··· 88

30. 原形動詞為首的命令句 ·· 89

31. Don't 為首的命令句 ·· 89

32. Let's 為首的命令句 ·· 90

33. Be 為首的命令句 ·· 90

34. What 開頭感嘆句 ··· 90

35. 感嘆句定義 ··· 91

36. How 接副詞感嘆句 ··· 91

37. How 接形容詞感嘆句 ·· 92

contents

UNIT 8　比較的說法　93

1.　形容詞比較級＋ than（…比…為…）⋯⋯⋯⋯⋯⋯⋯⋯⋯⋯⋯93
2.　副詞比較級＋ than（比…還…）⋯⋯⋯⋯⋯⋯⋯⋯⋯⋯⋯⋯93
3.　more...than... 的比較級用法⋯⋯⋯⋯⋯⋯⋯⋯⋯⋯⋯⋯⋯⋯94
4.　比較句省略 than 的情況⋯⋯⋯⋯⋯⋯⋯⋯⋯⋯⋯⋯⋯⋯⋯94
5.　the ＋最高級形容詞（最…的）⋯⋯⋯⋯⋯⋯⋯⋯⋯⋯⋯⋯94
6.　the ＋最高級副詞（最…）⋯⋯⋯⋯⋯⋯⋯⋯⋯⋯⋯⋯⋯⋯95
7.　the most... 的最高級用法⋯⋯⋯⋯⋯⋯⋯⋯⋯⋯⋯⋯⋯⋯⋯95
8.　「one of the ＋最高級形容詞」的最高級用法⋯⋯⋯⋯⋯⋯96
9.　副詞的比較級⋯⋯⋯⋯⋯⋯⋯⋯⋯⋯⋯⋯⋯⋯⋯⋯⋯⋯⋯96
10.　副詞的最高級⋯⋯⋯⋯⋯⋯⋯⋯⋯⋯⋯⋯⋯⋯⋯⋯⋯⋯⋯97
11.　like...better than...（比較喜愛…勝過…）⋯⋯⋯⋯⋯⋯⋯97
12.　like...the best（最喜愛…）⋯⋯⋯⋯⋯⋯⋯⋯⋯⋯⋯⋯⋯98
13.　as...as（一樣…）⋯⋯⋯⋯⋯⋯⋯⋯⋯⋯⋯⋯⋯⋯⋯⋯⋯98

UNIT 9　現在完成式　99

1.　完了、結果（1）：have ＋過去分詞⋯⋯⋯⋯⋯⋯⋯⋯⋯⋯99
2.　完了、結果（2）⋯⋯⋯⋯⋯⋯⋯⋯⋯⋯⋯⋯⋯⋯⋯⋯⋯⋯99
3.　完了、結果（3）：否定句⋯⋯⋯⋯⋯⋯⋯⋯⋯⋯⋯⋯⋯⋯100
4.　完了、結果（4）：疑問句⋯⋯⋯⋯⋯⋯⋯⋯⋯⋯⋯⋯⋯⋯100
5.　繼續（1）：for/ since⋯⋯⋯⋯⋯⋯⋯⋯⋯⋯⋯⋯⋯⋯⋯⋯100
6.　繼續（2）： been⋯⋯⋯⋯⋯⋯⋯⋯⋯⋯⋯⋯⋯⋯⋯⋯⋯101
7.　繼續（3）：疑問句 How long...?⋯⋯⋯⋯⋯⋯⋯⋯⋯⋯⋯101
8.　繼續（4）：否定句⋯⋯⋯⋯⋯⋯⋯⋯⋯⋯⋯⋯⋯⋯⋯⋯102
9.　經驗（1）：曾經…⋯⋯⋯⋯⋯⋯⋯⋯⋯⋯⋯⋯⋯⋯⋯⋯102
10.　經驗（2）：否定句⋯⋯⋯⋯⋯⋯⋯⋯⋯⋯⋯⋯⋯⋯⋯⋯103
11.　經驗（3）：疑問句 Have...ever...?⋯⋯⋯⋯⋯⋯⋯⋯⋯103
12.　經驗（4）：疑問句 How many times / often...?⋯⋯⋯104

UNIT 10 介系詞　　　105

1. 表時間介系詞 ⋯⋯⋯⋯⋯⋯⋯⋯⋯⋯⋯⋯⋯⋯⋯⋯⋯⋯105
2. 介系詞片語 ⋯⋯⋯⋯⋯⋯⋯⋯⋯⋯⋯⋯⋯⋯⋯⋯⋯⋯⋯105
3. 表期間介系詞 ⋯⋯⋯⋯⋯⋯⋯⋯⋯⋯⋯⋯⋯⋯⋯⋯⋯⋯106
4. 表場所、位置介系詞（1）⋯⋯⋯⋯⋯⋯⋯⋯⋯⋯⋯⋯⋯106
5. 表場所、位置介系詞（2）⋯⋯⋯⋯⋯⋯⋯⋯⋯⋯⋯⋯⋯107
6. 介系詞 with ⋯⋯⋯⋯⋯⋯⋯⋯⋯⋯⋯⋯⋯⋯⋯⋯⋯⋯⋯107
7. 介系詞 without ＋名詞 ⋯⋯⋯⋯⋯⋯⋯⋯⋯⋯⋯⋯⋯⋯107
8. 介系詞 without ＋動名詞 ⋯⋯⋯⋯⋯⋯⋯⋯⋯⋯⋯⋯⋯108
9. 情意動詞＋介係詞 ⋯⋯⋯⋯⋯⋯⋯⋯⋯⋯⋯⋯⋯⋯⋯⋯108

UNIT 11 被動式　　　110

1. 用 by 來表示動作者 ⋯⋯⋯⋯⋯⋯⋯⋯⋯⋯⋯⋯⋯⋯⋯110
2. 行為者不明 ⋯⋯⋯⋯⋯⋯⋯⋯⋯⋯⋯⋯⋯⋯⋯⋯⋯⋯⋯110
3. 疑問用法 ⋯⋯⋯⋯⋯⋯⋯⋯⋯⋯⋯⋯⋯⋯⋯⋯⋯⋯⋯⋯111

UNIT 12 不定詞與動名詞　　　112

1. 不定詞的名詞用法 ⋯⋯⋯⋯⋯112
2. 不定詞的副詞用法（1）⋯⋯⋯112
3. 不定詞的副詞用法（2）⋯⋯⋯113
4. 不定詞的形容詞用法 ⋯⋯⋯⋯113
5. 疑問詞 to ⋯⋯⋯⋯⋯⋯⋯⋯⋯⋯113
6. 不定詞的否定 ⋯⋯⋯⋯⋯⋯⋯⋯114
7. 不定詞當主詞 ⋯⋯⋯⋯⋯⋯⋯⋯114
8. It is...to ⋯⋯⋯⋯⋯⋯⋯⋯⋯⋯⋯115
9. It is...for ＋人＋ to ⋯⋯⋯⋯⋯115
10. Too...to ⋯⋯⋯⋯⋯⋯⋯⋯⋯⋯⋯116
11. 動名詞當補語 ⋯⋯⋯⋯⋯⋯⋯⋯116
12. 動名詞當主詞 ⋯⋯⋯⋯⋯⋯⋯⋯117
13. 動詞後接動名詞 ⋯⋯⋯⋯⋯⋯⋯117
14. 動詞後接不定詞 ⋯⋯⋯⋯⋯⋯⋯118
15. 可接動名詞或不定詞的動詞
（意義相同或不同）⋯⋯⋯⋯⋯118

contents

UNIT 13　連接詞　119

1.	And ⋯⋯⋯⋯⋯119	14.	While ⋯⋯⋯⋯⋯125
2.	But ⋯⋯⋯⋯⋯119	15.	Not...but ⋯⋯⋯126
3.	Or ⋯⋯⋯⋯⋯120	16.	both A and B ⋯⋯126
4.	Because- 放在句中 ⋯⋯120	17.	Not only..., but also... ⋯⋯127
5.	Because- 放在句首 ⋯121	18.	So...that ⋯⋯127
6.	So ⋯⋯⋯⋯⋯121	19.	So am I ⋯⋯⋯128
7.	Before ⋯⋯⋯122	20.	So do I ⋯⋯⋯128
8.	After ⋯⋯⋯⋯122	21.	So can I ⋯⋯⋯129
9.	If ⋯⋯⋯⋯⋯123	22.	Neither ⋯⋯⋯129
10.	Whether ⋯⋯⋯123	23.	Too ⋯⋯⋯⋯130
11.	When ⋯⋯⋯124	24.	Either ⋯⋯⋯130
12.	when... 動詞過去式 ⋯124	25.	either...or... ⋯131
13.	when... 動詞現在式 ⋯125	26.	neither...nor... ⋯131

UNIT 14　附加問句　133

1.	一般動詞用法 ⋯⋯⋯⋯⋯⋯⋯⋯133
2.	Be 動詞用法 ⋯⋯⋯⋯⋯⋯⋯⋯133

UNIT 15　人或事物中的全部或部分　134

1.	Both 放句首，在動詞前面 ⋯⋯⋯⋯⋯⋯134
2.	Both 放句中，在動詞後面 ⋯⋯⋯⋯⋯⋯134
3.	全部可數：All ⋯⋯⋯⋯⋯⋯⋯⋯⋯135
4.	全部不可數：All ⋯⋯⋯⋯⋯⋯⋯⋯135
5.	人或事物中的一部份 ⋯⋯⋯⋯⋯⋯⋯136
6.	多數之一：One of ⋯⋯⋯⋯⋯⋯⋯136

UNIT 16 分詞形容詞   137

1. 現在分詞當形容詞：動詞 -ing ⋯⋯⋯⋯⋯⋯⋯⋯⋯⋯137
2. 過去分詞當形容詞：動詞 -ed ⋯⋯⋯⋯⋯⋯⋯⋯⋯137
3. 現在分詞形容詞—放在名詞後 ⋯⋯⋯⋯⋯⋯⋯⋯138
4. 現在分詞形容詞—放在名詞前 ⋯⋯⋯⋯⋯⋯⋯⋯138
5. 過去分詞形容詞—放在名詞後 ⋯⋯⋯⋯⋯⋯⋯⋯139
6. 過去分詞形容詞—放在名詞前 ⋯⋯⋯⋯⋯⋯⋯⋯139

UNIT 17 關係詞   140

1. 關係代名詞是主格／受格 ⋯⋯⋯⋯⋯⋯⋯⋯⋯⋯140
2. 關係代名詞是所有格 ⋯⋯⋯⋯⋯⋯⋯⋯⋯⋯⋯⋯140
3. That 的省略用法 ⋯⋯⋯⋯⋯⋯⋯⋯⋯⋯⋯⋯⋯⋯141
4. What 的用法 ⋯⋯⋯⋯⋯⋯⋯⋯⋯⋯⋯⋯⋯⋯⋯142
5. Why 的用法 ⋯⋯⋯⋯⋯⋯⋯⋯⋯⋯⋯⋯⋯⋯⋯142
6. Where, When, How... 等 ⋯⋯⋯⋯⋯⋯⋯⋯⋯⋯143

UNIT 18 補充句型   144

1. 表因為⋯／若是⋯／即使⋯的分詞構句 ⋯⋯⋯144
2. 表時間、條件、附帶情況的分詞構句 ⋯⋯⋯⋯144
3. 假設語氣（1）⋯⋯⋯⋯⋯⋯⋯⋯⋯⋯⋯⋯⋯⋯⋯145
4. 假設語氣（2）⋯⋯⋯⋯⋯⋯⋯⋯⋯⋯⋯⋯⋯⋯⋯145

① be 動詞 am

● MP3 001

想說「A（主詞）是 B」的時候，也就是表示「A=B」的關係時，A 跟 B 要用特別的動詞來連接起來，這個動詞叫「be 動詞」，而「be 動詞」以外的動詞叫「一般動詞」。後面可以接名詞，用來介紹自己的姓名、職業及國籍等。I am 可以縮寫成 I'm。

001　I **am** a driver.

（我是個司機。）

> 因為句子的主詞是 I（我），所以 be 動詞要配合主詞變化成 am！

▶ We are students.（我們是學生。）

▶ She is a star.（她是個明星。）

▶ He is a fan of choclate.（他是個巧克力迷。）

② 主詞＋ be 動詞＋補語

在 be 動詞的後面，跟主詞可以劃上等號（＝），有對等關係的詞叫「補語」。補語除了名詞（表示人或物的詞），也可以接形容詞（表示狀態或性質的詞）。

002　I **am** handsome.

（我很英俊。）

> 這句話的形容詞是用 handsome（英俊），用來修飾前面的主詞 I（我）。

▶ I am glad.（我很高興。）

▶ I am angry.（我很生氣。）

▶ I am successful!（我很成功！）

❸ be 動詞 is, are

前面說過了，am 這個 be 動詞要接在 I 的後面，至於 are 是接在 you 的後面，is 是接在 he（他）、she（她）、it（它）和所有單數名詞的後面。

003 **He is my friend.**

（他是我的朋友。）

> 在這裡因為主詞 he（他）是單數型人稱，所以 be 動詞要變成 is。

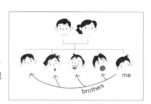

He is my friend.

▶ **You are short.**（你個子矮小。）

▶ **Tom is my son.**（湯姆是我的兒子。）

▶ **David is a magician.**（大衛是一位魔術師。）

❹ 主詞（複數）＋ are

主詞是複數（2 人以上、2 個以上），代表性的如：you（你們）、they（他們）、we（我們）和所有複數名詞時，be 動詞要用 are。這時候 be 動詞後面的名詞就要變成複數形了。

004 **They are my brothers.**

（他們是我的兄弟。）

> 因為句子的主詞是複數形人稱的 they（他們），所以 be 動詞也要跟著變成 are 囉！

▶ **You are teachers.**（你們是老師。）

▶ **They are my brothers.**（他們是我的兄弟。）

▶ **We are teenagers.**（我們是青少年。）

❺ 主詞＋一般動詞

表示人或物「做了什麼，在什麼狀態」的詞叫「動詞」。be 動詞（am, are, is）以外的動詞叫「一般動詞」。英語中主詞後面接動詞。一般動詞也就是動詞的原形，用來表示現在式這個時態。

005 **We draw.**

（我們畫畫。）

> Draw（畫畫）就是個一般動詞，而因為主詞是複數的 we（我們），動詞後面不用加 s。

► **Birds fly.**（鳥會飛。）

► **They dance.**（他們會跳舞。）

► **Humans die.**（人都會死亡。）

⑥ 一般動詞：及物動詞

● MP3 002

動詞分及物和不及物兩種，它們的分別是在「後面能不能接受詞」。什麼叫及物呢？及物是指動作會影響到他物，所以後面要接承受這個動作的目的物（也就是受詞）。及物動詞後面要接受詞，不及物動詞後面不接受詞。我們先看及物動詞。

006 **His dog catches the ball.**

（他的狗接住球。）

> 這裡主詞是 dog（狗），動作是 catch（接住），而接住什麼呢？就是受詞的 the ball（球）囉。

► **He rides horses.**（他騎馬。）

► **George has an office.**（喬治有一間辦公室。）

► **Joanne goes to a cram school.**（喬安會去一家補習班〈上課〉。）

⑦ 一般動詞：不及物動詞

動作不會影響到他物，而不用接受詞的動詞叫不及物動詞。不及物動詞最大重點就是，後面不能直接加上受詞。

007 **I win.**

（我勝利。）

> win（勝利）是不及物動詞，因為個人的勝利，是不會直接影響到其他事物的。所以這裡的 win 後面不需要接受詞！

▶ I sing.（我唱歌。）

▶ I cook.（我〈會〉做菜。）

▶ I write.（我〈會〉寫作。）

⑧ 第三人稱單數：一般情況動詞加 s

我、你以外的人或東西叫「第三人稱」，也就是說話者與聽話者以外的所有的人或物。主詞是第三人稱，而且是單數（一個人、一個）的時候，一般動詞後面要接 s，這叫「第三人稱・單數的 s」。

008 ▶ Jim always **cooks** his dinner.

（吉姆總是自己做晚餐。）

> 因為主詞是第三人稱單數的『他』 Jim，所以動詞 cook 尾巴要加 -s 變成 cooks 喔。

▶ She likes flowers.（她喜歡花。）

▶ My uncle plays golf.（我叔叔打高爾夫球。）

▶ It happens sometimes.（它〈這件事〉偶爾會發生。）

⑨ 第三人稱複數：動詞不加 s

主詞雖然是第三人稱，但為複數（兩人以上、兩個以上）時，動詞不加 s。

009 ▶ They **like** Christmas.

（他們喜歡聖誕節。）

> 因為主詞是複數的 they（他們），所以動詞 like 字尾不用加 -s。

▶ They drink coffee in the morning.（他們早上喝咖啡。）

▶ Tom and Judy like popcorn.（湯姆和茱蒂喜歡爆米花。）

▶ My friends enjoy playing soccer.（我的朋友們很喜歡踢足球。）

⑩ 第三人稱單數：動詞加 -s, -es 的情況

主詞是「第三人稱・單數」時，一般動詞規則上要接 -s，但是也有不在這個規則範圍內的情況。一般動詞要接 -s,-es 的情況是：（1）主詞是第三人稱；（2）主詞是單數；（3）時態是在現在。

010 ▸ Mr. Lee **studies** hard.

（李先生努力學習。）

> 這裡的動詞，原形是 study，是不在規則範圍內的喔！要去 y 加上 -ies，變成 studies！

▶ She goes to bed early.（她睡得很早。）

▶ He teaches English.（他教英文。）

▶ He does his own laundry.（他會自己處理自己的髒衣物。）

小專欄

① 動詞字尾是 o, ch, sh, s 接 -es。如 go（去）→ goes, teach（教授）→ teaches

② 動詞字尾是「子音＋y」要去 y 加上 -ies。如 try（嘗試）→ tries

③ 較特別的是動詞 have，要變成 has。

⑪ be 動詞否定

● MP3 003

be動詞（am, are, is）的否定句，就是在 be 動詞的後面放 not，表示「不…」的否定意義。

011 ▸ This **is not** my shirt.

（這不是我的襯衫。）

> 表示這「不是」我的襯衫時，要小心否定詞 not 的位置，是在 be 動詞 is 的後面！可別因為中文要先說『不』就把 not 放在前面喔！

▶ He is not an Englishman.（他不是個英國人。）

▶ That is not a joke.（那並不是個玩笑話。）

▶ We are not babies!（我們不是〈什麼都不懂的〉小嬰兒啦！）

⑫ be 動詞否定式縮寫

　　be 動詞的否定文常用縮寫的形式，要記住喔！isn't 是 is not 的縮寫；aren't 是 are not 的縮寫。

012 ▸ Louis **isn't** smart.

（路易斯不聰明。）

> 否定文常常偷懶，把 be 動詞和否定詞湊在一起！這個句子就等於 Luis is not smart，用 not 否定後面的『聰明』這個形容詞。

- ▶ I'm not stupid.（我不笨。）
- ▶ You are not fat.（你不胖。）
- ▶ Jamie and Will aren't my team members.（傑米和威爾並不是我的組員。）

⑬ 一般動詞否定：do not ＋原形動詞

　　表示「不…」的否定說法叫「否定句」。一般動詞的否定句的作法，是要在動詞前面加 do not（=don't）。do not 是現在否定式。也就是說，一般動詞變成否定句型時，要加上 do, does, did 後，才能加上否定詞 not 喔！

013 ▸ We **don't** eat breakfast.

（我們不吃早餐。）

> 這句是用 don't 來否定後面的 eat breakfast（吃早餐）這件事。

- ▶ You don't like this city.（你不喜歡這個城市。）
- ▶ They don't study English.（他們不念英語。）
- ▶ Josh and I don't talk about politics.（喬許和我是不談論政治的。）

⑭ 一般動詞否定：does not ＋原形動詞

　　主詞是「第三人稱‧單數」時，do 要改成 does，而 does not（=doesn't）後面接的動詞一定要是原形動詞。does not 是現在否定式。注意！既然 does 已經依照人稱變化了，後面的動詞就要維持原形喔！

014　She doesn't have any brothers.

（她沒有任何兄弟。）

> 因為主詞 she 是第三人稱・單數，所以要用 does 而不是 do 來接 not 喔！記住後面的動詞 have 是原形的喔！

▶ She doesn't play tennis.（她不打網球。）

▶ He doesn't like music.（他不喜歡音樂。）

▶ He doesn't review his notes.（他是不會複習自己的筆記的。）

⑮ 疑問句：be 動詞＋主詞…

　　be 動詞的疑問句，只要把主詞跟動詞前後對調就好啦！也就是《be 動詞＋主詞…》的倒裝法了，然後句尾標上「？」。配合主詞，要正確加上 be 動詞喔！

015　**Is the Earth** round?—Yes, it is.

（地球是圓的嗎？—是，它是。）

> 這裡詢問的事物是單數名詞的 Earth，所以要用單數形 be 動詞的 is 來倒裝喔。

▶ Are you a nurse?—Yes, I am.（你是護士嗎？—是，我是。）

▶ Are your parents mad? —No, ther aren't.（你的父母生氣了嗎？不，他們沒有。）

▶ Is the story difficult to understand? —No, it isn't.（那故事很難理解嗎？—不，它不會。）

⑯ 疑問句回答：yes/ No, 代名詞＋ be 動詞　◎ MP3 004

　　會問題也要會回答喔！回答疑問句，要把主詞改成人稱代名詞。方式是：「Yes, 代名詞＋ am/are/is.」、「No, 代名詞＋ am not/aren't/isn't」。

016 Are those children yours? —**No, they aren't.**

（那些都是你的小孩嗎？—不，他們不是。）

答覆中的代名詞 they 指的是 those children，表示他們都不是的意思。

▶ Are those children yours?—No, they aren't.（那些都是你的小孩嗎？—不，他們不是。）

▶ Is your computer new? —Yes, it is.（你的電腦是新的嗎？—是，它是。）

▶ Are you tired? —No, I'm not.（你累了嗎？—不，我不會。）

⑰ 疑問句：Do ＋主詞＋原形動詞…

表示「…嗎？」問對方事物的句子叫「疑問句」。一般動詞的疑問句是在句首接 do，句尾標上「?」。回答的方式是：「Yes, 代名詞＋ do.」、「No, 代名詞＋ don't」。

017 **Do you like** comic books?—**Yes, I do.**

（你喜歡漫畫嗎？—是，我喜歡。）

因為對方是詢問自己，所以回答當然要用「我」來回答囉！

▶ Do you live in New York? — No, I don't.（你住在紐約嗎？—不，我不住那裡。）

▶ Do you use a computer? —Yes, I do.（你用電腦嗎？—是，我用。）

▶ Do I know you? —Yes, you do.（我認識你嗎？—是，你認識。）

⑱ 疑問句：Does ＋主詞＋原形動詞…

主詞是「第三人稱‧單數」時，不用 do 而是用 does，而且後面的動詞不加 -s,-es，一定要用原形喔！回答的方式是：「Yes, 代名詞＋ does.」、「No, 代名詞＋ doesn't」。

018 **Does it taste good?—Yes, it does.**

（那吃起來好吃嗎？—是，好吃。）

因為是在問 it 好不好吃，所以回答也要用代名詞 it 喔！

▶ Does Mary like steak? —Yes, she does.

（瑪莉喜歡牛排嗎？—是的，她喜歡。）

▶ Does Ann live in Taiwan? —No, she doesn't.

（安住在台灣嗎？—不，她不在。）

▶ Does Ben know what happened? —Yes, he does.

（班知道發生的事了嗎？—是，他知道了。）

UNIT 2 不同時式

① 過去式：be 動詞 was, were

🔘 MP3 005

要表達動作或情況是發生在過去的時候，英語的動詞是要改成「過去式」的！be 動詞的過去式有兩個，am, is 的過去形是 was，are 的過去形是 were。

019 ► She **was** tired last night.

（她昨天晚上很累。）

因為是過去的事，主詞又是第三人稱‧單數的「她」，所以要用 was 才對！

► I was busy yesterday.（昨天我很忙。）

► You were absent yesterday.（你昨天沒來。）

► He went to Japan two years ago.（兩年前，他去了日本。）

② 過去否定：be 動詞 wasn't, weren't

表示過去並沒有發生某動作或某狀況時，就要用「過去否定式」。be 動詞的「過去」否定式，就是在 was 或 were 的後面加上 not，成為 was not（=wasn't）, were not (=weren't)。

020 ► She **wasn't** at the bookstore.

（她當時不在書店。）

要否定過去她不在書店，所以在 was 後面加上 not，縮寫之後就變成 wasn't 了。

► He wasn't married.（他當時未婚。）

► We weren't in town last week.（上星期我們不在鎮上。）

► Jerry wasn't serious about that job.（當時傑瑞並沒有認真地看待那份工作。）

③ 過去疑問：be 動詞＋主詞

be 動詞的疑問句，是把 be 動詞放在主詞的前面，變成《be 動詞＋主語…？》，過去式也是一樣喔！回答是用 "yes"、"no" 開頭。

021 ▸ **Were the roses** pretty?—**Yes**, they were.

（那些玫瑰花漂亮嗎？─是，它們漂亮。）

> 想問問題嗎？那就讓 be 動詞過去式 were 來個喧賓奪主，放在主詞 the roses 前面就可以了！

▶ Were you at home last night—Yes, I was.（你昨晚在家嗎？─是，我在。）

▶ Was it rainy in Taipei yesterday?—Yes, It was.

（昨天台北一直下雨嗎？─是，一直下雨。）

▶ Was the game exciting? —Yes, it was!

（那次比賽精采嗎？─是啊，很精采！）

④ 過去式：一般動詞加 -ed

英語中說過去的事時，要把動詞改為過去式。一般動詞的過去形，是在原形動詞的詞尾加上 -ed。

022 ▸ I **checked** his homework.

（我檢查了他的作業。）

> check（檢查）是一般動詞原形，要表現是過去的動作，就要在後面加上一個小小跟屁蟲 -ed ！

▶ She helped me.（她幫了我。）

▶ We danced last night.（我們昨晚跳舞。）

▶ An airplane crashed into the Twin Towers.

（一架飛機衝進了雙子星大廈。）

⑤ 過去式：一般動詞加 -ed, -ied 的情況

原則上一般動詞是在詞尾加 -ed 的，但也有在這原則之外的。如字尾是 e 直接加 d；字尾是子音＋y 則去 y 加 "-ied"；字尾是短母音＋子音的單音節動詞：重複字尾再加 "-ed"，

023 John **married** her a month ago.

（約翰一個月前娶了她。）

表示一個月前 marry（娶）了她，要把動詞 marry，
改成過去式，就是去 y 再加上 -ied！這裡的小跟屁
蟲，比較調皮喔！

a month ago

John ♥ Judy

▶ They decided to clean the road. （他們決定了要清理馬路。）

▶ They copied my homework! （他們抄襲了我的作業！）

▶ She slipped and was hurt. （她滑倒受傷了。）

⑥ 過去式：不規則變化動詞　　　　● MP3 006

　　一般動詞的過去式中，詞尾不是規則性地接 -ed，而是有不規則變化的動
詞。這樣的動詞不僅多，而且大都很重要，要一個個確實記住喔！

024 My daughter **drew** a picture.

（我女兒畫了一張畫。）

哇！碰到我行我素的不規則動詞 draw（畫畫）是要
變成 drew 喔！可別寫成「drawed」了！

▶ I bought a couch yesterday. （我昨天買了個躺椅。）

▶ Mary gave George a present. （瑪莉送了一份禮物給喬治。）

▶ She left her keys at home. （她把鑰匙留在家裡了。）

⑦ 過去式：規則動詞

　　上述的動詞叫「不規則動詞」，與其相對的，詞尾可直接接 -ed 變成過去
式的就叫做「規則動詞」。

025 I **washed** the dishes.

（我洗了盤子。）

Wash（洗）是好相處的規則動詞，只要裝上 -ed，就
可以變成過去式囉！

► She cooked dinner. （她做了晚餐。）

► We joined a new club yesterday. （我們昨天新加入了一個社團。）

► Something strange happened. （奇怪的事情發生了。）

⑧ 一般動詞過去否定式

要說「我過去沒有做什麼、沒有怎麼樣」，就要用過去否定的說法。一般動詞的「過去」否定，是要在動詞的前面接 did not（=didn't）。訣竅是無論主語是什麼，都只要接 did 就可以啦！

026　He **didn't** catch the last bus.

（他沒有趕上末班公車。）

> 在原形動詞 catch 前面接 did not，表示過去沒有搭上末班公車，它的縮寫是 didn't！

► I didn't watch TV last night. （我昨晚沒有看電視。）

► She didn't come. （她沒有來。）

► They didn't go to the concert. （他們沒有去聽演唱會。）

⑨ 一般動詞過去疑問式

一般動詞的「過去」疑問句，要把 did 放在句首，變成《Did＋主詞＋原形動詞…？》因為 did 本身就有強調過去的狀態，所以動詞保持原形。

027　**Did he kiss** her last night?—Yes, he did.

（他昨晚有沒有親吻她？是的，他有。）

> 愛問問題就要把 did 放到最前面，把主詞老大踢到後面！而動詞 kiss 維持原形就可以了！

► Did you receive the gift yesterday?—No, I didn't.

（你昨天收到禮物了嗎？—不，我沒有。）

► Did your husband wash the dishes?—No, he didn't.

（你的老公有沒有洗碗盤？—不，他沒有。）

► Did they stay in the classroom? —Yes, they did.

（他們有待在教室裡嗎？ —是的，他們有。）

⑩ 進行式：be 動詞＋動詞 -ing

《be 動詞＋ ...ing》表示動作正在進行中。...ing 是動詞詞尾加 ing 的形式。現在進行式，用 be 動詞的現在式，表示「（現在）正在…」的意思；過去進行式，用 be 動詞的過去式，表示「（那時候）在做…」的意思。

| 028 | We **are cooking** beef now.

（我們現在正在煮牛肉。）

> 主詞是 We 動詞當然是 are 囉！動詞 cook 加上好動的 ing，表現出「正在煮」的感覺。嗯～好香喔！

▶ She was talking to her boss.（她當時正在和老闆說話。）

▶ Chuck was taking care of his daughter.（查克當時正在照顧他的女兒。）

▶ They are having fun at the amusement park.（他們正在遊樂園開心地玩樂呢。）

小專欄

動詞後面接 ing 時叫「ing 形」，ing 形的接法跟規則動詞「ed」的接法很相似。ing 形的接法如下：

1. 詞尾直接接 ing，例：
   ▶ watch → watching
   ▶ He is playing soccer now.（他現在正在踢足球。）

2. 詞尾是 e 的動詞，去 e 加 ing，例：
   ▶ write → writing
   ▶ I am making a cake.（我正在做蛋糕。）

3. 詞尾是「短母音＋子音」的動詞，子音要重複一次，再加 ing，例：
   ▶ sit → sitting
   ▶ We were running with his dog.（我們那時正跟著他的狗跑。）

---

⑪ 進行式否定形

🔊 MP3 007

要說現在並沒有正在做什麼動作，就用進行式的否定形。進行式的否定句是在 be 動詞的後面接 not。這跟 be 動詞否定句是一樣的。順序是《be 動詞＋ not ＋ ...ing》，這跟 be 動詞的否定句是一樣的。

029 **I'm not lying!**

（我並沒有在說謊！）

> am 後面加 not，再接動詞 ing 形，lie → lying（說謊），就可以表示我現在沒有在說謊啦！

▶ We weren't talking with Ann.（我們那時沒有在跟安說話。）

▶ The students weren't paying attention to me.

（當時學生們並沒有在注意聽我說話。）

▶ She wasn't working in her office then.

（她當時並沒有在她的辦公室裡工作。）

⑫ 進行式疑問句

進行式的疑問句，是把 be 動詞放在主詞的前面，順序是《be 動詞＋主詞＋ ...ing ？》，這跟 be 動詞的疑問句也是一樣的。

030 **Are you listening?**—Yes, I am.

（你在聽嗎？—是的，我在聽。）

> 把 be 動詞 are 放到最前面，把主詞 you 擠到後面，再接好動的動詞 ing（listening），就是進行式的疑問句了。

▶ Is it raining now?—Yes, it is.

（現在正在下雨嗎？—是的，正在下。）

▶ Were you cooking dinner at that time?—No, I wasn't.

（你那時候在做晚餐嗎？—沒有，我沒有。）

▶ Are they taking a test? —Yes, they are.

（他們正在考試嗎？—是的，他們是。）

⑬ 未來式：will ＋原形動詞

在英語中要提到「未來」的事，例如未來的夢想、預定或計畫…等，就用 will 這個未來助動詞。這時動詞不用變化，而是用《will ＋原形動詞》，表示「會…」、「將要…」。這叫「單純未來」。

031 It **will rain** tomorrow.

（明天會下雨。）

> 要說明天將會下雨，只要用愛幻想的未來助動詞 will，再接原形動詞 rain（下雨），就行啦！

▶ He will be busy tomorrow.（他明天會很忙。）

▶ They will be right back.（他們馬上就回來。）

▶ Ivy will show you where your room is.（艾薇會告訴你你的房間在哪裡。）

⓮ 未來式：意志未來

這個 will 是表示將來的助動詞，它還有表示未來將發生的動作或狀態，相當於「（未來）將做…」的意思。這叫「意志未來」。

032 She **will** write an e-mail.

（她準備寫封信。）

> 用 will 也可以說明她「準備要…」做「寫 e-mail」這件事的意思。

▶ I will attend the meeting.（我會參加會議。）

▶ We will call on him after school.（我們下課後準備去他家。）

▶ They will arrive soon.（他們很快就會到了。）

⓯ 未來式否定形

未來式的否定句是把 not 放在助動詞 will 的後面，變成《will not ＋原形動詞》的形式。助動詞跟原形動詞之間插入 not 成為否定句，可以應用在所有的助動詞上喔！對了，will not 的縮寫是 won't。

033 My children **won't like** this toy.

（我家小孩不會喜歡這玩具的。）

> 可別寫成「willn't」喔！對於未來事情的否定，要寫成 won't 才對！

▶ I won't go to the party.（我不準備去參加宴會。）

► She will not be here.（她不會來這的。）

► I will not help him.（我是不會幫他做那件事的。）

⑯ be 動詞未來形：will be

MP3 008

be 動詞的未來形，跟一般動詞的作法是一樣的。be 動詞的 (am, are, is) 的原形是「be」，所以一般句子是《will be...》，否定句是《will not be...》。

034　**You will be late.**

（你會遲到。）

用 will 後面接 be 動詞原形，也就是 be，說明你再這樣拖拖拉拉，就會遲到啦！

► I'll be twenty next month.（我下星期就二十歲了。）

► I hope you will be happy here.（希望你在此一切滿意。）

► "I will be back" is a famous line.（『我會回來的』是一句很有名的台詞。）

⑰ 未來式疑問句：will ＋主詞＋原形動詞

每個人都喜歡詢問未來。英語中的未來式的疑問句，是將 will 放在主詞的前面，變成《will ＋主詞＋原形動詞…？》的形式，相當於「會…嗎？」的意思。回答的方式是《Yes, 代名詞＋ will.》、《No, 代名詞＋ won't.》

035　**Will we arrive in Tokyo on time?**
　　　—No, we won't.

（我們會準時到東京嗎？—不，我們不會。）

will 跟主詞 we 位置一換，就可以詢問未來會不會「準時到東京」這件事了。

► Will he go abroad? —Yes, he will.（他會出國嗎？—是的，他會。）

► Will you call me?　—Yes, I will.（你會打給我嗎？—會的，我會。）

► Will they believe me? —Yes, they will.

（他們會相信我嗎？—會，他們會的。）

⑱ 未來式疑問句：will ＋主詞＋ be

be 動詞未來式的疑問句也跟一般動詞一樣。由於 be 動詞的原形是「be」，所以形式是《will ＋主詞＋ be…？》。

036 **Will you be** nice to your sister?
—Yes, I will.

（你會好好對待妹妹嗎？—是，我會的。）

即使是 be 動詞也要遵守「助動詞接原形動詞」的規則喔！

▶ Will you be free tomorrow? —Yes, I will.
（你明天有空嗎？—有，我有空。）

▶ Will it be sunny tomorrow? —No, it won't.
（明天會是晴天嗎？—不，不會是。）

▶ Will they be mad at me? —No, they won't.
（他們會生我的氣嗎？—不，不會的。）

⑲ 未來式：表示請求

句型《will you...》在此並不是「你會…嗎？」的意思，而是「可以幫我…嗎？」的意思，是一種委婉的請求。回答的方式也很多。

037 **Will you** please be quiet?—Sorry.

（可否請你安靜一點？—對不起。）

這裡的 will 是詢問「願不願意」的意思，而不是單純的未來意思喔！

▶ Will you shut the door?　—Sure. （可以麻煩你關門嗎？—沒問題。）

▶ Will you take out the garbage?—All right.
（可否請你把垃圾拿出去倒掉？—可以啊！）

▶ Will you make a call for me? —Sure!
（可否請你幫我撥通電話？—當然可以啊！）

⑳ 未來式：誘勸對方

句型《will you...》也有勸誘對方，「要不要做…」的意思。回答的時候，要看當時的情況喔！

038　**Will you** have some coffee?—Yes, please.

（來杯咖啡如何？—好的，麻煩了。）

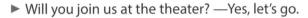

> 要禮貌地問對方要不要做某件事，就用 will 來問。

▶ Will you sing the song for me? —No, I won't.

（要不要為我唱這首歌？—不，我不要。）

▶ Will you join us at the theater? —Yes, let's go.

（要不要跟我們一起去劇院？ —好，我們走吧。）

▶ Will you marry me, Lisa? —No, I'm sorry.

（妳願意嫁給我嗎，麗莎？—不，我很抱歉。）.

㉑ Be going to：表示將來要發生的動作　◉ MP3 009

be going to 後面接上動詞原形，可以用來表示未來將要發生的動作、行為，屬於比較輕鬆、不一定會達成的未來計畫，語氣沒有 will 那麼堅決。

039　You **are going to** be a prince in the future.

（你將來會是個王子。）

> 因為主詞是 you 所以要用 are，這裡的 are going to
> 意思跟 will 接近喔！

▶ We are going to visit our grandparents in France.（我們將要去拜訪在法國的祖父母。）

▶ He is going to the mall after lunch.（他在午餐過後要去購物商場。）

▶ I'm going to tell you everything.（我準備要告訴你所有的事情。）

㉒ Be going to：be 動詞開頭疑問句

be going to 的疑問句，就是把直述句中的 be 動詞移到句首，其餘的都不變，變成《be 動詞＋人＋ going to ＋未來將要做的事》，用來詢問未來的計畫。回答是用 yes、no 來開頭。

040 **Are** you **going to** wear slippers?

（你打算要穿拖鞋嗎？）

表示 will 意思的 be going to，只要把 be 動詞置前就可以變成問句啦！

▶ Are they going to go skating together?（他們要一起去溜冰嗎？）

▶ Are you going to help him?（你有打算要幫我嗎？）

▶ Is she going to die?（她會死嗎？）

㉓ Be going to：疑問詞開頭疑問句

be going to 的疑問句，可以針對想問的是：什麼人、用什麼方法、什麼時候…，來加上疑問詞 who、how、when...。句型《疑問詞＋ be ＋人＋ going to ＋未來的計畫》，可詢問未來將要發生的事。

041 How **are** you **going to** prove it?

（你要怎麼證明？）

用 how 來提問，表示想知道「用什麼方法」的意思喔！

▶ What are you going to do with the poster?（你要怎麼處理那張海報？）

▶ Where are you going to stay?（你打算待在什麼地方？）

▶ When is she going to make dinner?（她打算哪時候做晚餐呢？）

㉔ Be going to：否定式

Be going to 的否定句，是在 be 和 going to 中間，加上否定詞 not，變成《人＋ be 動詞＋ not ＋ going to ＋未來沒要做的事》，用來表達未來沒有要做的事。

042 We **are not going to** buy the diamond.

（我們不會買那個鑽石。）

跟一般 be 動詞的否定句一樣，也要把 not 放在 be 動詞後面才對喔！

▶ I am not going to be a salesman.（我不會成為一個業務員。）

▶ It is not going to stop rainning.（雨不會停的。）

▶ She is not going to lose.（她不會輸掉的。）

UNIT 3　助動詞

① Will you

MP3 010

　想要委婉地請對方幫忙、或提出邀請，可以使用《Will you ＋請求事項？》這樣的句型，其中的 you 可以依照對象的不同而更改。而請求事項裡的動詞，一定要使用原形。

043 　**Will you** pass me the dessert?—OK.

（你可以把甜點傳給我嗎？一好。）

這裡是要問對方，能不能做 pass 這個動作，很有禮貌喔！

▶ Will you stop arguing with me? —Sure.

（你可以停止和我爭辯嗎？一好阿。）

▶ Will you call me later? —Certainly.

（你可以等一下打給我嗎？一沒問題。）

▶ Will you please leave me alone?—All right.

（你可以讓我一個人靜一靜嗎？一好吧。）

② Shall I

　想要開口詢問對方需不需要幫忙、或是客氣的詢問自己能不能做某件事時，可以使用《Shall I ＋詢問事項？》這樣的句型，其中詢問事項裡一定要使用原形動詞。

044 　**Shall I** help you clean the toilet?
　　—No, thank you.

（要不要我幫你一起打掃廁所？一不了，謝謝。）

NO, thanks.

當然不是要問自己願不願意啦！這裡是要問對方需不需要我才對。

▶ Shall I start from the beginning? —Yes, thank you.

（要不要我重頭開始？—謝謝。）

▶ Shall I get a little bit of wine for you? —No, thank you.

（要不要我幫你拿一些酒來？—不了，謝謝。）

▶ Shall I call you later? —No, it's OK.

（要不要我晚點再打給你？—不，沒關係的。）

③ Shall we

想要提出邀請、要求對方一起時，可以說《Shall we ＋邀請內容》。在 shall we 前面加上疑問詞，例如：《When shall we...?》（我們什麼時候…？），來詢問對方各式各樣關於「我們…」的話題。

045 When **shall we** change the topic?

（我們什麼時候換個話題？）

> 兩個人對話，當然要兩個人一起換話題囉，這時候就要用 shall！

▶ Shall we meet in that area?（我們要在那塊地方會面嗎？）

▶ Which tie shall I wear?（我要戴哪條領帶？）

▶ Where shall we go now?（我們現在要去哪兒呢？）

④ can

放在動詞的前面，來幫助動詞表達更廣泛意義的詞叫「助動詞」。助動詞的後面，一定要接原形動詞。助動詞 can 有：（1）表示「可能」、「有能力」的意思，相當於「會…」；（2）表示「許可」的意思，相當於「可以…」。

046 She **can** use the knife well.

（她很會使用刀子。）

> 這句的 can 表示「有能力」的意思喔。

▶ You can call me Mary.（您叫我瑪莉就行了。）

▶ I can do it myself.（我可以自己處理。）

▶ He can type really fast.（他打字打得很快。）

⑤ may

助動詞 may 有：（1）表示「許可」的意思，相當於「可以…」；（2）表示「推測」的意思，相當於「可能…」。

047 ▸ You **may** come next Thursday.

（你可以下禮拜四過來。）

這句是用 may 來允許後面的「下禮拜四過來」這件事情。

▶ You may look around.（你可以四處看看。）

▶ It may rain today. Take an umbrella with you.（今天可能會下雨。你帶把傘吧。）

▶ There may be a pop quiz today.（今天可能會有隨堂小考喔！）

⑥ must

🔘MP3 **011**

助動詞 must 有：（1）表示「義務」、「命令」、「必須」的意思，相當於「得…」；（2）表示「推測」的意思，相當於「一定…」。

048 ▸ She **must** be very lonely.

（她一定很寂寞。）

這裡是要說「想必她應該很寂寞吧」，是推測的意思喔！

▶ You must follow the rules.（你必須遵守規則。）

▶ I must be crazy!（我一定是瘋了！）

▶ You must stay calm.（妳一定要保持冷靜。）

⑦ should

助動詞 should 有表示「義務」的意思，語含勸對方最好做某事的口氣。相當於「應該…」、「最好…」。

049 You **should** share your toys with others.

（你應該跟別人分享你的玩具。）

給對方建議、訓話，就用 should 來說，這裡是說應該要做 share 這個動作。

► We should keep our promises.（我們應該信守諾言。）

► You should be honest.（你應該要誠實。）

► You should hurry up.（你應該加緊速度。）

⑧ 否定式 can not

助動詞的後面接 not 就變成否定式，can 的後面接 not 表示「不會…」、「不可能…」、「不可以…」的意思。can not 常縮寫成 can't 或是 cannot。

050 He **can't** be only eighteen years old.

（他不可能才十八歲。）

這裡可不是說他「不可以」是十八歲喔！而是覺得不可能啦！

► I cannot play basketball.（我不會打棒球。）

► You can't do that again.（你絕不可以再那麼做了。）

► It can't be snowing!（不可能在下雪啦！）

⑨ 否定式 may/ must ＋ not

may not 是「可能不…」、「不可以…」，must not 是「不可以…」的意思。must not 比 may not 有更強的「禁止」的語意。

051 You **must not** touch that bee.

（你不可以碰那隻蜜蜂。）

很危險，絕對不能碰喔！用 must not 來強調禁止的語氣。

► He may not notice.（他可能不會注意到。）

► They must not enter my room.（他們不可以進我的房間。）

► You may not bring your cell phones in.（你們的手機是不能被帶進來的。）

⑩ can 的疑問句

can 的疑問句，是把 can 放在主詞的前面，變成《Can ＋主詞＋動詞原形…？》的形式。意思相當於「會…嗎？」。回答「是」用《Yes, ＋代名詞＋ can》；回答「不是」用《No, ＋代名詞＋ can't》。

052　**Can you see** that tree?—Yes, I can.

（你看得到那棵樹嗎？─是，我看得到。）

這裡是要問對方可不可以「看見」的意思，當然就用 can 來回答囉。

► Can you use chopsticks? —Yes, I can.

（你會使用筷子嗎？─是，我會用。）

► Can you remember anything? —No, I can't.

（你能記得任何事嗎？─不，我不記得了。）

► Can she speak Frech? —Yes, she can.

（她會說法文嗎？─是的，她會。）

⑪ may, must 的疑問句

● MP3 012

may（可以）或 must（必須）的疑問句，跟 can 一樣是《助動詞＋主語＋動詞原形…？》。

053　**May I send** an e-mail?—Yes, of course.

（我可以寄封電子郵件嗎？─沒問題。）

may 用來問問題，就是要「徵求允許」的意思啦！

► May I sit down? —Sure. （我可以坐下嗎？─當然可以。）

► May I open the window? —No, you may not.

（我可以打開窗戶嗎？─不，你不可以。）

► Must he finish the report today? —Yes, he must.

（他一定要今天完成那份報告嗎？─是的，他要。）

12 有助動詞功能的 Have to

Have to 是必須的意思，和助動詞 must 的意思相近，後面要接上原形動詞，《人 ＋ have to ＋必須完成的事》，就表達出一定要做到的決心和使命。

054 ▶ You **have to** set a goal.

（你必須建立一個目標。）

> 必須要做什麼呢？這裡是說 have to 後面的 set 的動作唷。

▶ You have to find a gasoline station.（你一定要找個加油站。）

▶ We had to leave Germany in three days.

（我們必須在三天之內離開德國。）

▶ They had to clean up the house after the party.

（派對結束後，他們得把房子給清乾淨。）

13 Have to 疑問句用法

想要得知必須完成的事情、或反問對方有沒有必要…時，可以用疑問句《Do/Does ＋人 ＋ have to ＋動詞原形》，當人是《第三人稱 · 單數》時，前面的助動詞用 does，其餘情況，用 do 開頭。

055 ▶ **Does** he **have to** learn German?

（他有必要要學德文嗎？）

> 把 have 當作一般動詞，就會聯想到要把 do/does 放在前面問問題囉！

▶ Do they have to chase after me?（他們非得追著我跑嗎？）

▶ Do we have to talk about this?（我們非得討論這個不可嗎嗎？）

▶ Do I have to go with him?（我非得和他一塊去嗎？）

⑭ Have to 否定句用法

要說明「不用…」、「沒必要…」時，可以用 have to 的否定句《人＋don't ＋ have to ＋動詞原形》，當人是《第三人稱・單數》時，則要把 don't 改成 doesn't。

056 ▶ She **doesn't have to** do it herself.

（她不需要自己親手做這件事

因為是第三人稱・單數的 she，所以要用 doesn't 喔！

▶ I don't have to make myself a hero.（我沒必要把自己弄成個英雄。）

▶ I don't have to imagine; I know!（我沒必要想像，因為我知道。）

▶ We didn't have to say that to her.（當時我們沒必要對她那樣說的。）

UNIT 4　其他動詞

① 使役動詞—後接形容詞　MP3 013

使役動詞就是「某人使另外一人…」，最常見的使役動詞就是 make（讓），如果是讓某人心情改變的話，就可以直接用《人 1 ＋ make ＋人 2 ＋心情的形容詞》，其中人 1 若是單數，make 加 s。

057　That genius **makes** me envious.

（那個天才讓我感到忌妒。）

是什麼令我感到嫉妒呢？就是動詞 make 前面的主詞 that genius 啦！

▶ The gentleman wished us luck.（那位紳士祝福我們好運。）

▶ You make me happy.（你讓我感到很快樂。）

▶ Please make yourself comfortable.

（請讓自己過得很舒服。）〔指『請不要客氣』〕

② 使役動詞—後接動詞原形

使役動詞也可以用在命令、要求，《人 1 ＋使役動詞＋人 2 ＋動詞》，像是：「某人要求另外一人做…」、「某人叫另外一人去…」，要注意喔！這時後面接的是原形動詞。

058　Mom **made** me finish the carrots.

（母親叫我吃完那些胡蘿蔔。）

因為是媽媽的命令，所以要用 make 來表示！別忘了它是不規則動詞喔！

▶ My sister helped me clean the carpet.（我姐姐幫我清理地毯。）

▶ The teacher had her read the whole chapter.

（老師叫她朗讀一整個章節。）

▶ Let him go.（讓他走吧。）

③ 感官動詞＋原形動詞（表示事實、狀態）

感官動詞就是用「五覺」感受的動作，像是：視覺（see）、聽覺（hear）、嗅覺（smell）、體覺（feel）…等，形成《感官動詞＋人或物＋動作》的句型。注意喔！要用原形動詞來表示你感覺到的事實或存在的狀態。

059 I **listened** to the grandpa talk to his granddaughter.

（我聽到祖父在跟他孫女說話。）

> 句子裡真正的動詞是「聽到」，後面是敘述「聽到什麼」喔！

▶ I watched my dad cook.（我看著爸爸煮菜。）

▶ They saw us go out.（他們看到我們出門。）

▶ She watched the students do the test.（她看著學生考試。）

④ 感官動詞＋動名詞（表示動作正在進行）

想要生動地傳達出你的體驗，讓你的朋友也有身歷其境的臨場真實感，可以使用動名詞，當作感官動詞後的動作，用來強調動態的進行，如此一來，可以讓你描述的動作就像是栩栩如生地正在進行著喔！

060 They **lesten** to Jack complaining.

（他們聽著傑克抱怨。）

> They listen 是真正的主詞和動詞，complaining 是說明聽見傑克在做什麼。

▶ We saw him talking to Richard.（我們看到他正在和理查說話。）

▶ I found the old man sleeping on a bench.

（我發現那位老人在一張長凳上睡覺。）

⑤ 其他動詞：Spend

Spend 是花費時間或是金錢的意思，兩者用法略有不同：花費金錢是《人＋ spend ＋價錢＋ on/for ＋買的東西》或《spend ＋價錢＋ buying ＋買的東西》；花費時間則是《spend ＋價錢＋動名詞、地點》。

061 We **spent** one week looking for the best grapes.

（我們花了一星期尋找最上等的葡萄。）

「Looking for...」的動名詞片語，說明了前面提到的時間是花在哪裡了。

▶ They spent a lot of money building the castle.

（他們花了很多錢蓋這個城堡。）

▶ She spent two hundred dollars on handling charges.

（她花了兩佰元付手續費用。）

▶ Edison spent years making the first light bulb.

（愛迪生花了好幾年做出史上第一個電燈泡。）

⑥ 其他動詞：take 🔊 MP3 **014**

take 只能表達花費時間，用法如下：《虛主詞 it ＋ takes ＋人＋時間＋動作》其中動作要用不定詞，也可以把動作搬到句首《動作＋ takes ＋人＋時間》，其中的動作可以是不定詞或動名詞。

062 It **takes** us five days to get out of the desert.

（我們需要花五天的時間離開沙漠。）

five days

什麼事情要花五天？用不定詞片語 to…來說明囉！

▶ How long does it take to become the chief manager?

（成為總經理要花多久的時間？）

▶ To develop a relationship took him years.

（發展一段關係花了他好幾年的時間。）

▶ It takes forever to find the treasure. （恐怕永遠都找不到寶藏吧。）

⑦ be 動詞的另一個意思—「存在」

be 動詞還有表示「存在」的意思，相當於「在」、「有」等意思。

063 We **are** in the car.

（我們都在車裡。）

想要表示『存在』這個意思的『有』，可不是用 have（擁有）喔！

▶ The book is on the table. （書在桌上。）

▶ John is at home. （約翰在家。）

▶ There was a witch living inside the forest.

（從前，有個女巫住在森林裡面。）

⑧ be 動詞「存在」的否定、疑問形

表示「在」、「有」的意思時，否定句跟疑問句的形式，跟 be 動詞是一樣的。

064 The card **is** not on the table.

（卡片不在桌上。）

把 not 放在 is 後面，否定後面 on the table（在桌上）這件事情。

▶ John is not in the bathroom. （約翰不在浴室。）

▶ Is he at the beach?—Yes, he is. （他在海邊嗎？－是呀，他在。）

▶ He was in his bedroom. （他當時正在他的臥房裡。）

⑨ be 動詞的另一個意思──「有」

there 原本是「那裡」的意思，但是「there ＋ be 動詞」還有表示存在之意，相當於中文的「有（在）…」。單數時用《There is...》；複數時用《There are...》。

065 **There were** many shops in this town.

（過去這鎮上有很多商店。）

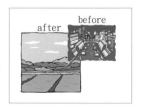

用 be 動詞的過去式，表示是以前存在著這些東西啦！

► There is an orange in the basket. （籃子裡有顆橘子。）

► There are twenty girls in my class. （我們班有二十個女生。）

► There is always a way out. （總是會有解決辦法的。）

❿ be 動詞「有」的否定、疑問形

否定句是在 be 動詞的後面接 not，疑問句要把 be 動詞放在句首，變成《Is there... ？》的形式。

066 **Are there** any cookies in the box?

（盒子裡有餅乾嗎？）

> any 一般用在否定句和疑問句裡，表示『任何』的意思。

► There isn't a clock in my room. （我房裡沒有時鐘。）

► Is there chalk on the table? （桌上有粉筆嗎？）

► Is there any hope? —Yes, there is. （有任何希望嗎？—有，有的。）

UNIT 5　名詞與代名詞

① 名詞當主詞

MP3 015

表示人或物的詞叫「名詞」，名詞可以成為句子的主詞。通常主詞後面接動詞，所以《主詞＋動詞》就形成了句子的骨幹啦！

067　We dance.

（我們跳舞。）

> 只要有主詞和動詞，就可以算是個句子了！這裡是『我們』和『跳舞』。

▶ She cried.（她哭了。）

▶ He writes.（他寫東西。）

▶ I finished.（我完成了。）

② 名詞當修飾詞

名詞會有各種修飾詞，其中比較具代表性的有，修飾名詞的 a, the, my, your, that。

068　There is **a** new house.

（那裡有一間新房子。）

> 這句話在名詞 new house 前面加上了冠詞 a，表示『一間』房子。

▶ Mary is my aunt.（瑪莉是我的阿姨。）

▶ She kept her promise（她遵守了她的承諾。）

▶ His daughter is a scientist.（他的女兒是個科學家。）

③ 名詞當動詞的受詞

名詞也可以做動詞的受詞。受詞就是接在動詞後面，成為主詞動作對象的詞。要記得喔！及物動詞一定要接受詞。

069 I like pets.

（我喜歡寵物。）

及物動詞就是『觸及』到受詞的動詞，喜歡什麼呢？是受詞『寵物』啦！

▶ I love you. （我愛你。）

▶ My brother changed his plan. （我弟弟改變了他的計畫。）

▶ Amy brought some snacks. （艾咪帶了一些零食。）

④ 名詞當主詞補語

名詞也可以是主詞的補語。什麼是補語呢？補語就是出現在 be 動詞，或一般動詞的後面，用來補充說明主詞，跟主詞有對等（＝）關係的詞。

070 Jack is a wise lawyer.

（傑克是個有智慧的律師。）

主詞補語是 a wise lawyer，說明主詞 Jack 是什麼樣的人物！

▶ They are very hard-working students. （他們是很努力的學生。）

▶ My major is modern art. （我的主修是現代藝術。）

▶ Her mother is a teacher. （她的母親是一位老師。）

⑤ 名詞的複數形：名詞加 -s

我們常說二個以上要加 s，這是英語的特色。英語中人或物是很清楚地分為一個（單數）跟二個以上（複數）的。人或物是複數時，名詞要用「複數形」。一般複數形要在詞尾加上 -s。

071 Mr. Brown has **three children**.

（布朗先生有三個小孩。）

單數的 child → 複數的 children，是不規則的變化法喔。

▶ Many plants come alive in spring.（很多植物在春天都會活起來。）

▶ I got eighty points.（我得了八十分。）

▶ There are some cookies on the table.（桌上有些餅乾。）

⑥ 名詞的複數形：名詞加 -es　🔊 MP3 016

把單複數弄清楚，說起英語會更道地喔！名詞的詞尾是 ch, sh, s, x, o 時，複數形要加 -es。

072 ▸ Dad broke five **dishes**.

（爸爸打破了五個盤子。）

因為是 -sh 結尾，所以要加上 -es 兩個字表示複數喔！

one dish　5 dishes

▶ He ate three sandwiches.（他吃了三個三明治。）

▶ She has many classes to teach.（她有很多堂課要教。）

▶ The mosquitoes are annoying!（這些蚊子真討厭！）

⑦ 名詞的複數形：名詞去 y 加 -ies

詞尾是「子音＋y」時，y 要變成 i，然後加 -es。這裡的 -es 發音是「z」。

073 ▸ The toy needs **batteries**.

（這件玩具需要電池。）

『電池』原本是 battery，變成複數就要把尾巴 y 先砍掉囉！

▶ The babies are sleeping.（寶寶們正熟睡著。）

▶ Maybe I know those ladies.（我可能認識那些女士。）

▶ The beautiful memories will remain.（那些美麗的記憶都會留下。）

⑧ 名詞的複數形：不規則變化

名詞的複數形也有不規則的變化，如 man 跟 men（男人）、foot 跟 feet（腳）、mouse 跟 mice（老鼠）。也有單數跟複數是一樣的如 sheep（羊）、deer（鹿）跟 fish（魚）。

074 I want to buy **two fish**.

（我想買兩條魚。）

怎麼沒有 -s 呢？因為它是特例啦，根本不用加 -s 喔！

▶ There are three mice. （有三隻老鼠。）

▶ He has five bad teeth. （他有五顆不好的牙。）

▶ Do you have any children? （你有小孩嗎？）

⑨ 可數名詞跟不可數名詞

名詞大分為「可數名詞」跟「不可數名詞」兩類。可數名詞複數（2 人或 2 個以上）時，要用複數形。另外，單數（1 人、1 個）時，前面常接 a 或 an。

075 Swimming is **a** good sport.

（游泳是個好運動。）

因為 sport 這個字是可數名詞，所以前面可以加上 a 是『一種』很好的運動喔！

▶ I have a camera. （我有一台相機。）

▶ She gave me an apple. （她給了我一顆蘋果。）

▶ It was a wonderful night. （那真是個美好的夜晚。）

小專欄

不可數名詞一般不接表示「單數的」a 或 an，也沒有複數形。不可數名詞基本上有下列三種。

1. 固有名詞（唯一的，大寫開頭的人名、地名等）

2. 物質名詞（沒有一定形狀的空氣、水、麵包等）
   ▶ I want a glass of water. （我想一杯水。）

3. 抽象名詞（性質、狀態籠統，無形的愛、美、和平、音樂等）
   ▶ We love peace. （我喜歡和平。）

4. 固有名詞（人名、地名等）
   ▶ I live in Paris. （我住在巴黎。）

⑩ 表示「量」的形容詞

不能用 1 個、2 個來計算的名詞，也可以用表示「量」的形容詞，來表示「多或少」。如：some（一些）, much（很多）, little（很少）, a little（一點點）, no（沒有）, a great deal of（很多）, a lot of（很多）…。

076 She has **a lot of** money.

（她有很多錢。）

財富是沒辦法數的，所以不可以加上 -s 啦！

▶ I want some apple juice.（我想要一點蘋果汁。）

▶ I would like some salad.（我想要一些沙拉。）

▶ He has a great deal of clothes.（他有很多衣服。）

⑪ 用「可數」數「不可數」名詞

🔊 **MP3 017**

使用可數的名詞，來『數』不可數名詞，像是單位、容器。

077 Give me **a cup of** coffee.

（給我一杯咖啡。）

借用容器來表達清楚說要『一杯的』咖啡。

▶ I want two glasses of milk.（我要兩杯牛奶。）

▶ There is a sheet of paper.（那裡有一張紙。）

▶ I drank a bottle of wine.（我喝了一整瓶酒。）

⑫ 人稱代名詞

代替名詞的叫「代名詞」，而用來代替人的代名詞叫「人稱代名詞」。當你不想再重複前面提過的名字時，可以用人稱代名詞來代替。

078 I have a dog. It has gray fur.

（我有一隻狗。牠的毛是灰色的。）

這裡的 it 就是代替前面出現過的 dog 喔！

► Nick is my brother. He likes music.（尼克是我的弟弟。他喜歡音樂。）

► Jack and I work in a senior high school. We are teachers.
（傑克和我在一所高中工作。我們是老師。）

► Olivia came from Mexico. She speaks Spanish.
（奧莉維雅是從墨西哥來的。她會說西班牙語。）

⑬ 第一、第二、第三人稱代名詞

人稱代名詞也可以單獨當作主詞使用。人稱代名詞分：

第一人稱：自己是說話者之一，例如：I（我）, we（我們）。

第二人稱：說話的對象，例如：you（你）。

第三人稱：he（他）, she（她）, It（它）, they（他們）。

| 079 | **We** hate vegetables.

（我們討厭蔬菜。）

> 『我們』到底有包括誰，其實不是很重要，重
> 點是我們都討厭蔬菜喔！

► He comes from the USA.（他從美國來的。）

► They are just teenagers.（他們只是青少年。）

► You are wonderful people.（你們都是很棒的人。）

⑭ 人稱代名詞作受格

人稱代名詞也可以是動詞的受詞，這時候叫「受格」，也可以稱做受詞。
人稱代名詞當受詞時，大都會有變化。

| 080 | The baby is cute. We love **her.**

（ 這個小嬰兒很可愛。我們很喜歡她。）

> 代名詞由主詞變受詞 she, her，就是指前
> 面說的 baby 喔！

SHE loves the duck　　We love HER

► My dog likes me.（我的狗喜歡我。）

▶ These cakes are so delicious. I can eat them all.

（這些蛋糕太好吃了。我可以吃光它們。）

▶ Brad Pitt is very famous! How could you not know him?

（布萊德彼特很有名耶！你怎麼可能不認得他啊？）

⑮ 受格人稱代名詞的單複數形

記一下受格人稱代名詞的人稱及其單複數。例如，單數：I→me, you→you, he→him, she→her, it→it；複數：we→us, you→you, they→them。

081 ▸ Don't tell **them.**

（別告訴他們。）

由 they → them 來當受詞用，省略了主詞是因為是命令語氣啦！

▶ We know her. （我們認識她。）

▶ Lucy hates him. （露西恨他。）

▶ They recognize her. （他們認得出她。）

⑯ 指示代名詞：this, these

🔘 MP3 **018**

指示眼睛可以看到的東西或人叫「指示代名詞」。指近處的東西或人，單數形用 this（這個），複數形用 these（這些）。

082 ▸ **This** is a big surprise!

（這是個大大的驚喜！）

This 就等於後面的 a big surprise 喔！簡單又方便吧！

▶ This is my eraser. （這是我的橡皮擦。）

▶ These seats are taken. （這些位子有人坐了。）

▶ Is this your wallet? （這是妳的皮夾嗎？）

⑰ 指示代名詞：that, those

指示較為遠處的人或物，單數用 that（那個），複數形用 those（那些）。

083　**That** was the best movie of the year!

（那是年度的最佳電影！）

> That 就是指後面說的 best movie of the year，因為不在手邊所以不用 this 而用 that。

▶ That is your coat.（那是你的外套。）

▶ Those books are the same.（那些書都是一樣的。）

▶ Did you see that? It was a shooting star!（妳有看到嗎？剛剛有流星耶！）

⑱ 指示代名詞：this

this 從「這個」的意思，發展成「（介紹人說的）這位是…」、「這裡是…」、「今天是…」及「（打電話指自己）我是…」的意思。

084　**This** is the kitchen.

（這裡是廚房。）

> 因為是在介紹身邊的東西，所以用 this 來表示就可以囉。

▶ This is my nephew.（這位是我外甥。）

▶ Hello, this is Ann.（你好！我是安。）〔打電話時〕

▶ This is the captain speaking.（我是機長。）〔打電話或是廣播〕

⑲ 指示代名詞：that

指示眼前較為遠處的事物的 that，也表示「那、那件事」的意思。

085　**That's** a special gift.

（那是個特別的禮物。）

> 因為不是在自己手上，所以只好用 that 來指稱那個遙遠的禮物囉！

- ► That's her third book.（那是她的第三本書。）
- ► That's a good idea.（那真是個好主意。）
- ► That's an interesting question.（這是個有趣的問題。）

⑳ 名詞及代名詞的所有格 -'s（…的）

表示「…的」的形式的叫「所有格」。表示人或動物的名詞，以接《…'s》表示所有格。

086 **My uncle's** house is near the station.

（我叔叔的家離車站很近。）

> 注意真正的主詞是 my uncle's house 而不是 my uncle 喔！

- ► My father's car is red.（我父親的車子是紅色的。）
- ► Have you seen Anna's brother before?（你以前看過安娜的弟弟嗎？）
- ► I was looking at the magician's hands.（我當時正盯著魔術師的雙手瞧。）

㉑ 無生命物名詞所有格用 of

◉ MP3 019

表示人或動動以外，無生命物的名詞，一般用《of...》的形式來表示所有格。of... 修飾前面的名詞。

087 We broke the legs **of** the desk.

（我們弄壞了桌腳。）

> 形容沒有生命的桌子，注意是《部分＋ of ＋主體》的順序喔！

- ► Autumn is the best season of the year.（秋天是一年中最棒的季節。）
- ► He was the leader of his class.（他是班上的領導者。）
- ► I can't remember the name of that store.（我不記得那家店的名字了。）

22 人稱代名詞所有格

人稱代名詞的所有格，各有固定的形式。《I→my〔our〕》、《you→your〔your〕》、《he→his〔their〕》、《she→her〔their〕》、《it→its〔their〕》。〔 〕裡是複數。

088　**The dog is shaking its head.**

（那隻狗搖著牠的頭。）

> Its 和 it's 可不一樣喔，這裡是說『它（牠）的』意思！因為是狗所以要用代名詞 it。

▶ John is my classmate.（約翰是我的同學。）

▶ It was his responsibility.（那是他的責任。）

▶ Our home is next to the school.（我們的家就在學校旁邊。）

23 this, that 表示「的」的意思

指示代名詞的 this, that 等，也可以當作指示形容詞，來表示「…的」的意思。但可不是「所有格」喔！

089　**Who drives that truck?**

（是誰開那輛卡車的？）

> That 在這裡是『那邊的…』的意思喔，修飾 truck，表示是『那邊的卡車』。

▶ That question was simple.（那個題目很簡單。）

▶ What have you been doing these days?（這些日子你都在做些什麼？）

▶ Are these books yours?（這些書是你的嗎？）

24 所有代名詞

表示「…的東西」的代名詞叫「所有代名詞」，這個用法是為了不重複同一名詞。所指的「物」不管是單數或複數，所有代名詞都是一樣。所有代名詞 1 個字等同於〈所有格＋名詞〉。

090 These bags are **yours**, sir.

（這些包包是你的，先生。）

yours＝

這句裡的 yours 就代表前面提到的 bags，又因為是很多個所以用 these ！

▶ That picture is hers.（那張照片是她的。）

▶ The farm is not yours. It's theirs.（這農場不是你的，是他們的。）

▶ The treasure is mine!（寶藏是我的！）

小專欄

下面的相同意思，不同的說法，是考試常出現的，要多注意喔！

That is our car.（那是我們的車。）
⬇
That car is ours.（那車是我們的。）

These are my pens.（這些是我的筆。）
⬇
These pens are mine.（這些筆是我的。）

That is Smith's ball.（那是史密斯的球。）
⬇
That ball is Smith's.（那個球是史密斯的。）

25 反身代名詞

動詞的受詞等，跟句子的主詞是一樣的時候，要用表示「自己⋯」的特別的代名詞，叫「反身代名詞」。也就是人稱代名詞加上 -self（單數形），-selves（複數形）。

091 My sister and I often cook dinner for **ourselves**.

（我姊姊和我通常都自己作晚餐。）

用 ourselves 強調『自己』的意思，只包含前面提到的我和姊姊。

▶ You should believe in yourself.（你應該相信自己。）

▶ The man hurt himself.（這個男人傷了他自己。）

▶ Don't worry. I can take care of myself.（別擔心，我可以照顧自己的。）

26 反身代名詞強調主詞

● MP3 020

反身代名詞也有強調主詞的作用。

092　I washed all the dishes **myself**.

（我自己洗了所有的碗盤。）

> 前面的句子說明我做了什麼動作，後面補充上 myself 用來強調是「靠自己的」喔。

▶ He paid the bill himself.（他自己付了帳單。）

▶ You should tell her yourself.（你應該自己告訴他。）

▶ We repaired the computer ourselves.（我們自己修理了電腦。）

27 不定代名詞：some

　　沒有特定的指某人或某物的代名詞叫「不定代名詞」。不定代名詞的 some 含糊的指示人或物的數量，表示「一些、幾個」的意思。

093　Give me **some** lemons, please.

（請給我一些檸檬。）

> 用 some 這個代名詞，表示『一些』的意思，確切的數字其實不知道啦。

▶ There are some apples in the basket.（籃子裡有一些蘋果。）

▶ I want some tea.（我要一些茶。）

▶ I buy some books every month.（我每個月都買幾本書。）

28 不定代名詞：something, somebody, someone

　　something 表示「某事物」，somebody, someone 表示「某人」、「誰」的意思。這些都是單數。

094 I smell **something**.

（我聞到某種味道。）

> 聞到味道，可是說不上來是什麼，就暫且用
> something 來代替吧！

▶ I have something to tell you.（有話要跟你說。）

▶ Somebody has to wake me up.（要有個人叫我起床。）

▶ There is someone at the door.（門旁有個人。）

29 不定代名詞：any

疑問句中表示「多少個」、「多少」、「多少人」時，用 any。否定句用 not...any，意思是「一個也（一人也）…沒有」。

095 Is there **any** big news today?

（今天有什麼大新聞嗎？）

> 也不知道是有還是沒有新聞，所以要用表示『任何』
> 的 any 來提問。

NEWS

▶ Do you have any wishes?（你有任何願望嗎？）

▶ I don't have any kids.（我沒有小孩。）

▶ Are there any questions so far?（目前為止有問題嗎？）

30 不定代名詞：anything, anyebody, anyone

同樣地，在疑問句跟否定句中 anything 是「什麼」、「什麼也」的意思；anybody, anyone 是「有誰」、「誰也」的意思。

096 Well, I don't see **anyone** here!

（嗯，我在這裡連個人影都沒看見！）

> any 用在否定或是疑問句上，這裡是沒有看到「任何
> 人」的意思。

▶ They are busy, but I don't have anything to do.

（他們在忙，但我沒什麼事可以做。）

► Does anybody grow flowers at home?（這裡有誰在家裡有種花嗎？）

► Is there anyone who can tell me what happened?
（有任何人可以告訴我發生了什麼事嗎？）

㉛ 不定代名詞：each

🔊 MP3 021

all 是「全部」，each 是「各個」的意思。其中《all of ＋複數名詞》被當作複數，《all of ＋不可數名詞》被當作單數，而 each 則都是當作單數。

097　**Each** of the girls has a cell phone.

（每一位女生都有手機。）

Each 指的是『個別的每一位女生』，所以動詞要用單數形的 has 才對！

► All of us agreed to do that.（我們全都同意這麼做。）

► Each of us has a car.（我們每人都有車。）

► Each of you has to bring your own lunch.（你們要帶自己的午餐喔。）

㉜ 不定代名詞：both, either

both 跟 either 都是用在形容二個事物的時候，但是 both 表示「兩者都」，被當作複數，either 則表示「兩者中任一」，被當作單數。

098　**Either** of the teams will win.

（那兩隊其中之一會贏。）

Yankees OR The Red Socks ?

注意 either 只能用在形容『兩者』之一的情況喔！

► Both of you may go.（你們兩個都可以走了。）

► Write either with a pen or with a pencil.（用原子筆或鉛筆寫都可以。）

► I want both bread and milk.（我要麵包也要牛奶。）

33 不定代名詞：one

　　one 除了「一個、一個的」意思以外，還可以用來避免重複，代替前面出現過的名詞。不定代名詞 one 跟前面的名詞相對應，表示跟前面的名詞是「同類的東西」，常用於《a ＋形容詞＋ one》的句型。

099　He has a motorcycle. I want **one**, too.

（他有一台摩托車，我也想要有一台。）

> 這裡的 one 不是數字，而是代表和前面的
> motorcycle 同類的一樣東西喔！

▶ This cup is dirty, I need a clean one.（這杯子很髒，我需要一個乾淨的。）

▶ We could give her this old TV and buy a new one.

（我們可以把這台舊電視給她，然後買一台新的。）

▶ Her coat was too small for her, so I bought a larger one.

（她的外套對她來說太小了，所以我買了件比較大的。）

34 不定代名詞：another, the other

　　another 表示不定的「又一個東西（人）」、「另一個東西（人）」。another 其實是由〈an ＋ other〉來的，至於 the other 則表示特定的「（兩個當中的）另一個東西（人）」。

100　This egg is bigger than **the other**.

（這顆蛋比另一顆大。）

the other

> 冠詞 the 表示「特定」之意，只有兩個蛋，就要在
> 剩下那個的 other 前面加上 the。

▶ Do you want another cup of coffee?（你要不要再來一杯咖啡？）

▶ He lives on the other side of the river.（他住在河的另一邊。）

▶ Can you give me another example?（妳可以另外舉一個例子嗎？）

35 it 的其他用法（表示天氣、時間等）

it 除了指前接的「特定的東西」以外，也含糊地指「天氣」、「時間」、「距離」跟「明暗」等。

101 **It's cold outside.**

（外面很冷。）

> 虛主詞 it 在這裡指的是『天氣』，是常用的用法唷。

▶ It's seven-thirty.（現在七點三十分。）

▶ It's about twelve kilometers away.（大概有十二公里遠。）

▶ It's about time to go.（時間差不多囉，該出發了。）

36 it 對應不定詞

● MP3 **022**

it 也可以放在句首，對應後面的不定詞（to ＋ 原形動詞）。

102 **It** is interesting **to chat** on the Internet.

（在網路上聊天是件有趣的事。）

> It 等於後面的『上網聊天』這件事，因為是一件事，所以用單數形的 is！

▶ It is boring to stay at home all day.（待在家裡一整天是件很無聊的事。）

▶ It is exciting to travel to a foreign country.（到異國旅遊是件興奮的事。）

▶ It is wonderful to have you here with me.（有妳和我一起在這裡真好。）

37 we, you, they 的其他用法（一般人、人們）

we, you, they 也有含糊的指「一般的人，人們，相關的人」的用法。翻譯的時候可以配合前後文。

103 **You** can see Jade Mountain from here.

（從這裡可以看到玉山。）

Jade Mountain

> 任誰來這裡，都可以看到玉山啊！所以 you 其實不是指特定對象喔！

► We shouldn't take anything that is not ours.

（不該拿不屬於自己的東西。）

► Love makes you blind.（愛情使人盲目。）

► Take your pain as a challenge.（把痛苦當作挑戰。）

38 含有代名詞的片語

含有代名詞的片語，也要多注意喔！像是 each other（互相）" one another（互相）" one after another（一個接著一個）等，都相當實用。

104 ► We will never forget **one another**.

（我們絕不會忘記彼此的。）

因為有很多人，所以用 one another 來說明彼此之間的互動喔！

► We call each other monthly.（我們每個月彼此互通電話。）

► They looked at one another and finally laughed.

（她們看著彼此，然後終於笑了出來。）

► You must look after each other when I'm not home.

（我不在家時，你們〈倆〉一定要互相照應。）

UNIT 6 冠詞、形容詞跟副詞

① 冠詞 a 跟 the

MP3 023

冠詞是一種形容詞，特定指單數的「一個東西」、「一個人」時，名詞前面要接冠詞 a（an）。但是 a 只用在不限定的人或物上，「限定的」人或物就要用「Point2」的冠詞 the。所以 a 叫「不定冠詞」，the 叫「定冠詞」。

105 Please stand in **a** line.

（請站成一直線。）

這裡沒有指定特定的某條線，所以要用不定冠詞 a 才對。

▶ There's an elementary school near my house.（我家附近有一所小學。）

▶ Mrs. Green is a doctor.（格林夫人是個醫生。）

▶ This is a wonderful evening.（這真是個美好的黃昏。）

② the 的定義

在彼此都知道的情況下，指示同類事物中的某一個，也就是指示「特定的」人或物時，名詞前面要接 the，表示「那個⋯」的意思。

106 They're waiting for us at **the** restaurant now.

（他們正在那間餐廳等我們。）

因為早就約好了，所以都知道該去哪一間餐廳，所以用定冠詞 the！

▶ Write the answer on the blackboard.（把答案寫在黑板上。）

▶ Please turn to page twenty of the book.（請翻到這本書的第二十頁。）

▶ Please close the door.（請關門。）

③ a ＋單數名詞

不定冠詞 a 是用在不限定的單數名詞前面,所以複數名詞或不可數名詞不用加 a。

107 ▸ I get **a** headache.

（我頭痛。）

> 加上代表『一個』的冠詞 a,表示短暫的、一次的頭痛 。

▸ I don't like cats.（我不喜歡貓。）

▸ She enjoys life.（她享受生活。）

▸ They drink coffee in the morning.（他們早上喝咖啡。）

④ the ＋複數名詞／不可數名詞

只要是指「特定的」人或物,不管是複數名詞或不可數名詞,都用 the。

108 ▸ Please pass **the** salt.

（請把鹽遞給我。）

> 因為明顯知道在指哪一個鹽罐,所以要用定冠詞 the。

▸ I saw the girls at the bus station.（我在公車站看到那些女孩。）

▸ Let her have the money（讓她拿那些錢吧。）

▸ Did you watch the movie I told you about?

（你有去看我跟你提過的那部電影嗎?）

⑤ a ＋單位（每…）

a 的後面接上『單位』,也有表示「每…」的意思。

109 ▸ They go to Japan once **a** year.

（他們每年去一趟日本。）

> 用《動作＋a＋時間》句型,說明每『一年』就要做一次『旅行』這個動作。

▶ He studies six hours a day.（他一天讀書六小時。）

▶ We go to the museum once a month.（我們每個月去博物館一次。）

▶ They change their menu twice a year.（他們每年會換兩次菜單。）

⑥ a 表示同種類的全體

● MP3 024

a 也有表示「同種類的全體」的意思，也就是總稱的用法。

110 ▶ **A** rabbit has long ears.

（兔子有長長的耳朵。）

因為是一個種類的團體名詞，所以後面接單數形動詞 has！

▶ A giraffe has a long neck.（長頸鹿的有長長的脖子。）

▶ A vacation refreshes your mind.（假期滋養人的心靈。）

▶ An opportunity may appear at any time.（機會隨時都有可能出現。）

⑦ the ＋特定事物／序數詞

the 也用在自然地被「特定」的東西之前，如「月亮」或「太陽」等獨一無二的自然物。還有 only（只有一個）、first（最初）、second（第二）等附有形容詞的名詞前。

111 ▶ **The** Earth goes around the Sun.

（地球繞著太陽轉。）

無論是太陽或是地球，都只有那麼一個，所以要加定冠詞 the 喔！

▶ The Moon goes around the Earth.（月亮繞著地球轉。）

▶ Look! That's the best painting of DaVinci.

（你看！那是達文西最好的一幅畫。）

▶ He won first prize.（他得了第一名。）

⑧ 知道對方指的事物也用 the

同樣地，從說話者跟聽話者當時的情況，自然而然地被「特定」的事物，也用 the。也就是從周圍的狀況，知道對方指的是什麼。

112 ▸ Pass **the** salt, please.

（請把鹽傳過來。）

不需要明說，也能明顯地看出來是指哪一個，所以就加定冠詞囉！

▶ Look at the tiger. （看那隻老虎。）〔因為彼此都看到了〕

▶ What was the sound? （那是什麼聲音呀？）〔因為彼此都聽到了〕

▶ Give me the ticket. （給我票。）〔現在看什麼表演就要什麼票囉〕

⑨ the 用在成語中

在英語的成語中，冠詞也有固定的用法，下面舉出的習慣用法，一般用 the。

113 ▸ At that moment, she knew **the** truth.

（在那一刻，她知道了真相。）

the truth is....

真相只有一個，當然要用定冠詞 the 囉！

▶ He listens to the radio in the morning. （他在早上聽收音機。）

▶ By the way, may I have your phone number?

（喔，順便一提，可以給我你的電話嗎？）

▶ In the end, he still didn't get the postcard.

（最後，他還是沒收到明信片。）

⑩ a 用在成語中

下面的成語要用 a。

114 Let's take **a** break. It will be helpful.

（我們休息一下吧，那會很有幫助的。）

> take a break 是很常見的片語，意思是『休息一下』喔！

▶ Have a good time on Saturday!（星期六玩得開心點！）

▶ Let's take a walk. —OK, let's go.（我們來散散步吧！—好啊，我們走吧。）

▶ He is as busy as a bee.（他跟蜜蜂一樣忙碌。）

⑪ 省略冠詞的情況　　　◉ MP3 025

慣用表現中，也有省略冠詞的情況。

115 He is at home because he's weak now.

（他在家，因為他現在很虛弱。）

> 有時候也可以不要冠詞，直接用介係詞 at 表示所在位置就可以了。

▶ I go to school on foot.（我走路上學。）

▶ Kate can play guitar and even write songs.

（凱特會彈吉他，甚至會寫歌。）

▶ Time and tide wait for no men.（時光不等人。）

⑫ 不加冠詞的狀況

「運動」、「三餐」、「學科」等相關敘述，一般是不加冠詞的。

116 Let's forget about the test and play baseball!

（我們忘了考試，來打棒球吧！）

> 因為都知道是在說哪一個考試，所以要說 the test，但運動 baseball 可是固定不加冠詞的喔！

► He majors in Chinese.（他主修中文。）

► Pat doesn't like summer.（派特不喜歡夏天。）

► I'm really good at swimming!（我可是游泳健將呢！）

⑬ 形容詞的定義

表示人或物的性質、形狀及數量的詞叫形容詞。形容詞接在名詞的前面，可以修飾後面的名詞，讓後面的名詞有更清楚的表現。

117 ► She is a good singer.

（她是一個很好的歌手。）

a singer　　a good singer

> 用 good 修飾名詞 singer，表示她不只是歌手，還是個『好』歌手呢！

► I have four brothers.（我有四個兄弟。）

► This is an interesting book.（這是一本有趣的書。）

► It is a great plan!（這個計畫很棒！）

⑭ 名詞前可有多種形容詞修飾

一個名詞前面可以有多個形容詞來修飾。

118 ► I have a beautiful blue ring.

（我有一個美麗的藍色戒指。）

> 形容詞 beautiful（美麗的）和 blue（藍色的）都是形容後面的『戒指』。

► She is a big, tall girl.（她是個又高又大的女孩。）

► Ruby is a beautiful young lady.（露比是一個漂亮的年輕少女。）

► We have a wise, calm coach.（我們有個既沉穩又有智慧的教練。）

⑮ 形容詞當作 be 動詞補語的用法

形容詞也可以當作 be 動詞的補語。這時候，只要把形容詞接在 be 動詞的後面就行了，後面不用接名詞。就像這樣：《主詞＋ be 動詞＋形容詞》，這裡的形容詞是用來修飾前面的主詞。

119 That building is old.

（那棟建築物很老舊。）

可以把 is 當作一個等號，這裡用形容詞 old 來修飾 building 喔！

▶ The doll is lovely. （這玩偶很可愛。）

▶ My sister looks happy. （我妹妹看起來很快樂。）

▶ He is very famous. （他非常有名。）

16 many, much

MP3 026

「數」很多的時候用 many，「量」很多的時候用 much。many, much 常用在疑問句跟否定句中。many 後面要接的是可數事物，像是可以數出來的桌椅、車票…等；much 是用來形容不可數的東西，像是水或果汁、很抽象的錢、時間…等。

120 How **much** sugar do you need?

（你需要多少糖？）

糖是沒辦法用數字『數』的，而要計算『量』才行，所以要用 much 才對。

▶ There aren't many books in my room. （我房間裡沒有很多書。）

▶ I don't want too much butter on my toast. （我的吐司不要太多奶油。）

▶ How much money do you need? （你需要多少錢？）

17 a lot of

可以同時表示「數」跟「量」很多的是 a lot of。在疑問句跟否定句以外的一般肯定句中，a lot of 比 many 跟 much 還要常使用。

121 Those jeans cost **a lot of** money.

（那些牛仔褲要價不斐。）

錢是不可數的，乾脆就用萬能的 a lot of 來修飾吧！

► There are a lot of rules in this class. （這個班級有很多規則。）

► I have a lot of problems. （我碰到了很多問題。）

► I drank a lot of coffe this morning. （今天早上我喝了很多咖啡。）

18 a few, a little

表示「數」有一些時，用 a few，而且是用在複數形可數名詞上；表示「量」有一些時，用 a little，用在不可數名詞上。

122　I have **a little** money.

（我有一些錢。）

> a little 不是形容大小喔！而是指數量不多，用來修飾不可數名詞。

a few coins / a little money

► I have a few friends. （我有 2、3 個朋友。）

► I know a few magic tricks. （我會一些魔術技法。）

► Would you like a little bit of salt? （要不要來一點鹽巴？）

19 few, litte

有冠詞 a 的時候，含有肯定的「有一點」的語意。但是把 a 拿掉只用 few、little，就含有「只有一點點」、「幾乎沒有」等否定意味。當然 few 是用在「數」，而 little 用在「量」上。

123　There is **little** ice in the cup.

（杯子裡幾乎沒什麼冰塊。）

> little 前面沒有冠詞 a，是說冰塊『很少』的意思，有點負面的意思喔！

► I had few friends in the past. （過去，我沒什麼朋友。）

► I have little experience. （我沒什麼經驗。）

► Few people passed the exam. （通過考試的人很少。）

⑳ 表示數跟量的形容詞

數詞是用來表示數目的，其中有分「計算數量」跟「表示順序」的兩種數詞。

124 Our apartment is on the **third** floor.

（我們的公寓在第三層樓。）

> 表示次序、日期、名次等狀況時，都會使用數字的順序形喔。

▶ He has two hundred kinds of stamps. （他有 200 種郵票。）

▶ He is the first son in his family. （他是家中的長男。）

▶ You will not get a second chance! （你不會有第二次機會了！）

㉑ 數詞 some

◉ MP3 **027**

表示「不特定的數或量」用 some，意思是「一些的」。中譯時有時候字面上是不翻譯的。

125 My mother went to buy **some** fruit.

（我媽媽去買水果。）

> 不曉得要買哪幾種、買多少，用 some 就可以稍微交代過去啦！

▶ I want some rice. （我想要一些飯。）

▶ Consider it a chance to get some exercise. （當它是個運動的好機會。）

▶ I need some advice. （我需要建議。）

㉒ 數詞 any

通常在疑問句和否定句中，表示「不特定的數或量」時要用 any。

126 Are there **any** ideas in your mind?

（你腦子裡有什麼點子嗎？）

> 用不表示明確數量的 any 來修飾名詞 ideas，因為還不曉得有沒有嘛！

► Do you have any plans for the future?（你對未來有什麼計劃嗎？）

► Do you have any hobbies?（你有什麼嗜好嗎？）

► Is there anything you would like to tell me?
（你有什麼事情要跟我說的嗎？）

㉓ 數詞 any 否定形

any 跟否定的 not 一起使用時，表示「一點…也沒有」的意思。當然「數」跟「量」都可以使用。

127 Sarah doesn't want **any** advice from a man.

（莎拉不想從男人那裡得到任何建議。）

> a man 表示『男人』這個類別，any 加入否定句則表示「都不要」！

► I don't see any trash on the ground.（我看不到地上任何有垃圾。）

► I don't have any money left this month.（這個月我一毛錢也沒剩下。）

► Duke didn't take any money.（杜克並沒有拿任何一毛錢。）

㉔ 副詞修飾動詞的情況

用來修飾動詞，表示動作「在哪裡」、「怎麼樣」、「什麼程度」、「在什麼時候」等各種意思的詞叫「副詞」。

128 I got up **early**.

（我起得早。）

> 用副詞 early 來修飾『起床的動作』，表示不只是『起床』而且還起得『早』！

► She works hard.（她工作努力。）

► Kate eats a lot!（凱特吃很多！）

► We listened carefully.（我們很小心地聆聽。）

㉕ 副詞修飾形容詞的情況

副詞不僅修飾動詞，也可以放在形容詞前面修飾形容詞。

129 Mary is **much taller** than my sister.

（瑪莉比我妹妹高多了。）

> 不只是『比較高』，還是『高得多』，所以加上 much 來修飾形容詞 taller。

much taller
taller

► The test was very easy. （這考試很簡單。）

► This beer is cool enough. （這啤酒已經夠涼了。）

► You are too lazy. （你太懶散了。）

㉖ 頻率副詞

🎧 MP3 028

always（總是，經常）、often（常常，往往）、usually（通常）、sometimes（有時）、once（一次）等表示頻率的副詞，通常要放在一般動詞的前面，但是要放在 be 動詞的後面。

130 I **usually** go to bed early.

（平常我很早睡覺。）

> 這句話用頻率副詞 usually，來說明「早睡」這件事發生的頻率。

Monday ~ Friday

► He always gets up at seven. （他總是七點起床。）

► He is sometimes absent from school. （他有時會不去上學。）

► We seldom do exercises in the morning. （我們很少在早上做運動。）

> **小專欄**
>
> 表示「程度」的副詞，通常要放在它修飾的形容詞或副詞的前面。但是要記住喔！同樣是程度副詞的 enough（足夠），可是要放在它修飾的形容詞或副詞的後面。我們來跟另一個程度副詞 very 比較看看。
>
> > He is very tall. （他很高大。）
> > ↓
> > He is tall enough. （他夠高大了。）

74

> This beer is very cool.（這啤酒很冰。）
>
> ↓
>
> This beer is cool enough.（這啤酒已經夠冰了。）

27 very much

修飾動詞表示「很」、「非常」的時候，一般用 very much。

131 I like strawberries **very much**, too.

（我也很喜歡草莓。）

強調非常喜歡，就在句子後面加上 very much ！

▶ I enjoyed the music very much.（我非常享受音樂之美。）

▶ Thank you very much.（真的很謝謝你。）

▶ Wendy loves her parents very much.（溫蒂非常愛她的父母。）

28 even, ony

only（僅，只）、even（甚至）也可以修飾名詞跟代名詞，放在名詞或代名詞的前面。

132 It's the **only** way to learn.

（這是學習的唯一方法。）

learn

加上 only 表示唯一，而後面的 to learn 則表示 way 的用途。

▶ She came only twice.（她只來過兩次。）

▶ Laura even called the police officer.（萊拉甚至打給了警察。）

▶ No one can enter that room. Not even you.

（所有人都不准進入那間房間，就連你也是。）

句型 · 各種句子

① 動詞 become ＋補語　　　　　　　　　🔘 MP3 029

一般動詞（be 動詞以外的動詞）裡面，也有後面要接「補語」的動詞。代表性的有 become（成為⋯）。

133 　She **became** a successful model.

（她成為一個成功的模特兒。）

> 她變成什麼？這時候句子一定要有補語才行喔！就是 model！

▶ He became a teacher.（他成為老師。）

▶ It becomes very hot in July.（七月天氣變得很熱。）

▶ What does it take to become a good writer?

（要怎麼樣才能成為一個好作家呢？）

② 後接補語的動詞

後接補語的動詞，有下面幾個，要記下來喔！這些動詞的補語，常常是形容詞。

134 　She seems pretty smart.

（她似乎很聰明。）

> 只說「她似乎」是不完整的，加上補語才能說清楚到底似乎如何喔！

▶ She looked great.（她看起來很棒。）

▶ It smells good! It must be delicious.（聞起來很香！它一定很好吃。）

▶ That sounds great! Let's do it!（那聽起來很棒呢！就這麼辦吧！）

③ 及物動詞後接受詞，不及物動詞不接受詞

一般動詞中，動作會影響到他物的。也就是有受詞的叫及物動詞；動作不影響到他物，沒有受詞的叫不及物動詞。

135 The Moon rose.

（月亮升起。）

> 月亮自己升起，不會牽扯到別人，所以是可以沒有補語的唷！

▶ I wrote her a letter.（我寫了一封信給她。）

▶ I like the little monkey.（我喜歡那隻小猴子。）

▶ I understand.（我瞭解。）

小專欄

到目前為止所學的句型，我們來整理一下吧！

1. 《主語 動詞》的句子（沒有補語也沒有受詞）
   ▶ He lives in Taipei.（他住台北。）

2. 《主語 動詞 補語》的句子
   ▶ Ann became a doctor.（安成為了醫生。）

3. 《主語＋動詞＋受詞》的句子
   ▶ I drink milk.（我喝牛奶。）

---

④ 主詞＋動詞＋間接受詞＋直接受詞

動詞中也有兩的受詞的。這時候的語順是《動詞＋間接受詞＋直接受詞》。間接受詞一般是「人」，直接受詞一般是「物」。

136 Stacy bought her mom a new refrigerator.

（史黛西買了一台新冰箱給她母親。）

> 直接受詞是買了的「冰箱」，而冰箱才又送給間接受詞「母親」喔！

► She gave Tom a smile.（她給湯姆一個微笑。）

► I will tell you everything.（我會告訴你所有的事情。）

► Evelyn told me a story about herself.

（艾芙琳對我說了一段她自己的故事。）

⑤ 常接兩個受詞的動詞

這類的句型，常用的動詞如下。

137　John sent his girlfriend a tape.

（約翰寄了一捲錄音帶給他的女友。）

錄音帶和女友都是約翰動作的對象，兩個都算是
受詞唷！

► I showed everyone my new car.（我把新車展示給大家看。）

► My grandmother told me a secret.（我的奶奶告訴我一個秘密。）

► He bought me a book from a garage sale.

（他在車庫特賣會買了本書給我。）

《give+ 人 + 物》跟《tell + 人 + 物》的文型，可以把表示人的受詞用 to 把受
詞的順序前後對調，改成《give+ 物 +to+ 人》跟《tell + 物 +to+ 人》。這時
候直接受詞的「物」，變成改寫句的受詞。

I told him the truth.（我告訴他真相了。）
⬇
I told the truth to him.（我把真相告訴他了。）

She sent me a card.（她寄給我一張卡片。）
⬇
She sent a card to me.（她把卡片寄給我了。）

《buy+ 人 + 物》跟《make+ 人 + 物》，可以把表示人的受詞用 for 把受詞的順序前後對調，改成寫成《buy+ 物 +for+ 人》跟《make+ 物 +for+ 人》。

> He made his mother a cake.（他為他媽媽做了一個蛋糕。）
> ↓
> He made a cake for his mother.（他做了一個蛋糕給他媽媽。）

> He sang me a song.（他為我唱了一首歌。）
> ↓
> He sang a song for me.（他唱了一首歌給我聽。）

⑥ 主詞＋動詞＋受詞＋受詞補語　◉MP3 030

一個句子如果說到受詞，還沒有辦法表達完整的意思，就要在受詞的後面，接跟受詞有對等關係的「受詞補語」。語順是《動詞＋受詞＋補語》。這類動詞並不多，請把它記住喔！

138　They named the ship Hope.

（他們將那條船取名為「希望」。）

> 受詞 ship 是被取名的對象，而 Hope 指的就是它，所以是受詞補語。

▶ We made him our captain to lead us.（我們選他為隊長來領導我們。）

▶ I consider him a nice person.（我認為他是一個好人。）

▶ He remained the manager.（他還是繼續當經理。）

⑦ 形容詞當受詞補語時

受詞的補語，不僅只有名詞，形容詞也可以當補語。

139　The traffic jam drove me crazy.

（塞車讓我快瘋了。）

> 塞車讓人如何？形容詞 crazy 修飾受詞 me，表示自己快瘋啦！

▶ He wants me to be safe and happy.（他希望我平安而且開心。）

▶ I found the book quite interesting.（我發現這本書相當有趣。）

▶ He left the windows open except for one.

（他把窗子都打開了，只剩一個〈關著的〉。）

⑧ make ＋受詞＋原形動詞（讓…）

《make ＋受詞＋原形動詞》是「讓…」的使役表現。有這種意思的動詞叫「使役動詞」。

140　Don't ever **make your girlfriend cry**.

（絕對別讓你女朋友哭。）

> 讓女友如何？話要說完才行喔！用受詞補語 cry 來修飾。

▶ His mother made him stay away from us.（他母親要他離我們遠一點。）

▶ Perhaps a walk would make me feel better.

（也許走一走會讓我覺得舒服一些。）

▶ What makes you think so?（你怎麼這麼認為呢？）

⑨ let ＋受詞＋原形動詞（讓…）

let 也是個使役動詞，《let ＋受詞＋原形動詞》的句型則表示「讓…」、「允許做…」的意思。

141　**Let me give** you a hand.

（我來幫你。）

> 擬就「讓」我幫你吧！用 let 來表示「讓」的意思。

▶ Let me at least introduce myself.（至少讓我來自我介紹。）

▶ Please let me see my wife.（請讓我見見我的妻子。）

▶ Why don't you let her decide?（你為什麼不讓她決定？）

⑩ 疑問詞：what（什麼）

　　what 表示「什麼」的意思，放在句首，以《what ＋ be 動詞＋主詞…？》、《what ＋ do ＋主詞＋動詞原形…？》做疑問句。回答的時候，不用 yes, no，而是用一般句子。另外，what 也用在問事物或職業、身份等。

142　**What** is that on your lips?

（你嘴唇上的那是什麼？）

問「事物」、「東西」時就用 what 問吧！有東西在嘴巴上呢！

▶ What does this mean?（這是什麼意思？）

▶ What are you planning to do in September?（你九月計劃要做什麼？）

▶ What exciting things did he say?（那他說了什麼令人興奮的事？）

⑪ 疑問詞：who（誰）、which（哪一個）　　MP3 031

　　who 表示「誰」, which 表示「哪些，哪一個」，是用來表示疑問的詞，叫「疑問代名詞」。who 只用在問人，which 表示選擇，用在人或事物都可以。

143　**Which** do you like, black or white?

（妳喜歡哪一個，黑色或是白色？）

因為有選擇：黑色和白色，所以要用 which 提問表示「哪一個」！

▶ Who is that sweet girl?（那個甜美的女孩是誰？）

▶ Who is she?（她是誰？）

▶ Which is the right answer?（哪一個是正確的答案？）

⑫ 疑問詞：what（什麼的）、which（哪個的）

　　what 和 which 也用在修飾後面的名詞，表示「什麼的…」、「哪個的…」的用法。

144 **What** size is your shirt?

（你的襯衫尺寸是幾號的？）

> 疑問詞 what 和名詞 size 一起連用，表示『什麼尺寸』。

▶ What time is it now? —It's 9:00p.m. （現在幾點了？一晚上九點了。）

▶ Which towel is mine? （哪一條毛巾是我的？）

▶ Which skirt suits me the best? （哪一件裙子最適合我？）

⑬ 疑問詞：whose（誰的）

表示「誰的…」用 whose（要記住 who 並沒有那個意思喔）。形式是《whose
＋名詞》。

145 **Whose** mobile is ringing?

（誰的手機在響？）

> Who 是表示『誰』的疑問詞，而 whose 就等於是所有格的問法喔！

▶ Whose book is this? （這是誰的書？）

▶ Whose belt is this? （這是誰的皮帶？）

▶ Whose socks are these? （這些是誰的襪子啊？）

⑭ 疑問詞：when（什麼時候）、where（哪裡）

when 用在問時間，表示「什麼時候」；where 用在問場所，表示「哪裡」。
由於具有副詞的作用，所以又叫做「疑問副詞」。

146 **Where** did you buy that chair?

（你在哪裡買到那張椅子的？）

> 用 where 來問，這裡是問「買了椅子」這件事的發生場所。

▶ When is your birthday? （你的生日是什麼時候？）

▶ When does the party begin? （舞會幾點開始？）

▶ **Where** can I go on Friday night?（星期五晚上我可以去哪裡呢？）

⑮ 疑問詞：why（為什麼）

why 是表示「為什麼」的疑問詞，用在詢問理由、原因。回答 why 的疑問句，一般用 because... 來回答。

147　**Why** don't we try something else?

（咱們何不試試別的？）

> 對於緣由感到好奇，就用 why 來提問，這裡是說「為何不…」的意思喔！

▶ **Why** are you still here?（你為什麼還在這裡？）

▶ **Why** did you hang out so late?（你為什麼在外面鬼混到這麼晚？）

▶ **Why** were they so upset?（他們為何那麼沮喪啊？）

⑯ 疑問詞：how（問方法、手段）

🔘 MP3 032

how 是表示「如何」的疑問詞，用在詢問「方法」、「手段」時。

148　**How** can I get to the factory?

（我要怎麼樣去工廠？）

> 用 how 來詢問方法，加上助動詞 can 表示『如何才可以做…』的意思。

▶ **How** do you know my grade?

（你怎麼知道我的成績？）

▶ **How** did you cut your finger?（你怎麼割到手指的？）

▶ **How** is that possible?（那怎麼可能啊？）

🔟 疑問詞：how（問健康、天氣）

how 還有詢問健康、天氣「如何」的意思。

149 ▸ **How** is your dear mother?

（你親愛的母親還好嗎？）

> 不是詢問方法，而是親切的問候喔。對象是母親，所以要用單數形的 is 才對。

▸ How was your New Year's Eve?（你的除夕夜過的如何？）

▸ How was the weather?（當時的天氣如何？）

▸ How did the meeting go?（會議開得怎麼樣？）

1️⃣8️⃣ How old

How 的後面接 old（…歲的）或是 tall（個子高）時，可以用來詢問「幾歲」、「多高」。形式是〈how ＋形容詞〉。

150 ▸ **How old** is this airplane?

（這架飛機多老了？）

> 形容詞 old 放在 how 的後面，表示它就是 how 詢問的『項目』：多老？

▸ How tall is your brother?（你弟弟多高？）

▸ How old are they?（他們幾歲啊？）

▸ How tall was I in high school?（我高中的時候多高啊？）

1️⃣9️⃣ How long

同樣地，how 的後面接 high（高）, long（長），可以用來詢問「高度有多高」、「長度有多長」。

151 ▸ **How long** was your trip?

（你的旅行有多久？）

> 這裡的長度是指「時間」長度喔！跟 how 搭配表示「有多久」的意思啦！

► How long is that railway?（那條鐵路多長？）

► How high is that mountain?（那座山有多高？）

► How long will it take?（那會花上多少時間？）

⑳ How many, How much

　　How many... 是「幾個的…」的意思，how much... 是「多少的（量的）…」的意思，可以用來詢問人或事物的數跟量。

152 **How much** candy did you buy?

（你買了多少的糖果？）

> Candy 是不可數名詞，所以要用 much 而不是 many。

► How many people are dead?（死了多少人？）

► How much does this computer cost?（這台電腦多少錢？）

► How much time do I have left?（我還剩下多少時間？）

㉑ 其他 how 開頭的疑問句

●MP3 033

　　how 開始的疑問句，常用的有下面的用法。

153 **How** soon can you get there?

（你可以多快到那裡？）

> How soon 問的是『有多快』，因為 soon 本身就是『馬上』的意思呀！

► How far is it from here to that junior high school?

（從這裡到那間國中有多遠？）

► How often do you wash your face?（你多久清洗一次臉？）

► How fast can this car go?（這台車可以跑多快呢？）

㉒ 疑問詞為主詞的疑問句型

　　疑問詞為主詞的句子，語順跟一般句子一樣是《主詞＋動詞…》。疑問詞屬第三人稱・單數，所以現在式句中的一般動詞要接 -s, -es。

154 **Why** doesn't Mary come with us?

（為什麼瑪莉不和我們一起來？）

> 主詞是第三人稱‧單數，所以要用 does 才對，加入
> 疑問詞也是一樣的喔！

▶ Who plays the piano?（誰會彈鋼琴？）

▶ Where do your grandparents live?（你的外祖父母住在哪裡？）

▶ Why doesn't Mary come with us?（為什麼瑪莉不和我們一起來？）

㉓ what（問時間、日期、星期）

使用疑問詞 what 來詢問日期、星期、時間也是常用的，要記住喔！

155 **What** time is it in New York?

（紐約現在幾點？）

> What 和表示時間的 time 一起用，常用來問『什
> 麼時間』、『幾點了』。

▶ What's the date today? —June 6th.（今天幾號？—六月六日。）

▶ What time is it? —It's eight.（現在幾點？—八點。）

▶ What day is today? —It's Tuesday.（今天星期幾？—星期二。）

㉔ 一般疑問句回答不用 Yes/ No 的情況

一般的疑問句後面加上《or...》，是表示「…嗎？還是…嗎？」的意思，用來詢問兩個之中的哪一個。回答時不用 yes, no。

156 Do you walk **or** take a taxi?—**I walk**.

（你是走路還是搭計程車？—我走路。）

> or 的前後要是對稱的詞性和型態喔！這裡是
> walk 和 take 兩個原形動詞。

▶ Is it sunny or cloudy?（天氣是晴朗還是多雲？）

▶ Is he leaving or entering? —He's leaving.

（他要進來還是出去？—他要出去。）

▶ Are they arguing or just talking?（他們是在爭論還是只是純聊天？）

25 which... , A or B?

以 which（哪個，哪邊）為句首的疑問句，後面也有接《A or B》（A 還是 B）的形式。

157 **Which** do you want, beer **or** Coke?

（你想要哪一個，啤酒還是可樂？）

> 有選擇時用 which 來提問，而 beer 和 Coke 兩個是對稱的名詞。

▶ Which do you like, ham or sausage?（妳比較喜歡火腿還是香腸？）

▶ Which does he prefer, e-mail or telephone?

（他比較喜歡電子郵件還是電話？）

▶ Which of the twins did you meet, Ken or Ben?（你是跟雙胞胎的哪一個見面啊？是肯還是班？）

26 用 never 表示否定　　　　● MP3 034

不用 not 也能表示否定的意思。如把副詞 never 放在動詞的前面，就有「絕對沒有…」，表示強烈否定的意味。

158 **Never** bite your fork like that again.

（絕對不准再像那樣咬你的叉子。）

> never 表示強烈的語氣，加上省略主詞的命令句，更是有力量哩！

▶ I'll never forget that special holiday.（我永遠不會忘記那次特別的假日。）

▶ She never gets herself in trouble.（她從沒讓自己惹過麻煩。）

▶ Never give up.（絕對不要放棄！）

27 部分否定

not 跟 very（非常）、always（總是）、all（全部的）、every（每一的）等字一起使用，就有「不是全部…」的意思，也就是部分否定。

159 **Not every** man can understand art.

（不是所有的人都能瞭解藝術。）

> 和 every（每一個）一起連用，表示『不是每一個』的意思。

▶ I don't like the story very much.（我不怎麼喜歡這個故事。）

▶ Iris is not always right.（艾瑞絲並非總是對的。）

▶ He doesn't feel happy all the time.（他並不是所有時候都很快樂。）

28 「no ＋名詞」表示否定

用形容詞的 no 也可以表示否定。用《no ＋名詞》就有「一點…也沒有」、「一個…也沒有」的意思。No 的後面，單複數都可以接。

160 This doll has **no nose**.

（這洋娃娃沒有鼻子。）

> No 這個否定詞後面都接名詞，表示『沒有這個東西』的意思。

▶ The dog sees no color.（狗看不見顏色。）

▶ The farmer has no children.（那位農夫沒有小孩。）

▶ No pain, no gain.（沒有痛苦就不會有收穫。）〔形容一分耕耘，一分收穫〕

29 用 nothing, nobody, no one 表示否定

用 nothing（無一物）、nobody（無一人）或 no one（無一人）也可以表示否定的意思。

161 She knows **nothing** about popular music.

（她對流行音樂一無所知。）

> nothing 跟動詞 know 一起用，表示『什麼也不知道』的意思！

▶ I have nothing to do today.（我今天沒事做。）

▶ Nobody likes to lose.（沒有人喜歡失敗。）

▶ Nothing is more important that family.（再沒有比家庭更重要的了。）

30 原形動詞為首的命令句

命令對方的句子叫命令句。命令句不用主詞，用原形動詞開始。

162 **Move** that sofa away.

（把那沙發移開。）

> 不管對象是誰，移開就對了！命令句不客氣地只說明動作呢！

▶ Turn off the gas!（把瓦斯關掉！）

▶ Stay on the sidewalk, please.（請待在人行道上。）

▶ Mix the eggs with the sugar.（把蛋和糖混合在一起。）

31 Don't 為首的命令句　　　　● MP3 035

表示「別做…」的否定命令文，要把 don't 放在句首，形式是《don't ＋動詞原形…》。

163 Please **don't eat** snacks before dinner.

（請不要在晚餐前吃零食。）

> 命令也可以禁止別人做某件事，這裡禁止 eat snacks，但有 please 來舒緩一下語氣呢。

▶ Don't forget our trip in May!（別忘了我們五月的旅行！）

▶ Please don't pick the green one.（拜託別選綠色的那個。）

▶ Don't miss the show!（可別錯過表演囉！）

32 Let's 為首的命令句

用《Let's ＋動詞原形…》（讓…吧）形式，是提議對方做某事的說法。若回答好用「Yes, let's.」，不好則用「No, let's not.」。

164 **Let's travel** north.

（我們往北方旅行吧！）

> 想要號召朋友一起做某件事，就可以用 let's 來表示，這裡是說「旅行」。

▶ Let's go on a picnic!（去野餐吧！）

▶ Let's go to the zoo, kids.（孩子們，我們去動物園吧！）

▶ Let's finish this together.（我們來一起完成它吧。）

33 Be 為首的命令句

命令句是用動詞原形為句首，所以 be 動詞的命令句就是用 be 來開頭，表示「要…」的意思。否定的命令句，也是在 be 動詞的前面接 don't。

165 **Be** kind to animals.

（要善待動物。）

> 把 be 動詞原形的 be，放在整個句子前面，就成為命令句了。

▶ Be ready for the test.（準備好要考試。）

▶ Don't be afraid.（別害怕。）

▶ Don't be so mean to him.（別對他這麼壞嘛。）

34 What 開頭感嘆句

用《What（＋ a〔an〕）＋形容詞＋名詞》開始的句子，然後再接《主詞＋動詞！》，就是表示強烈的情緒或感情的句子，意思是「真是…啊！」。

166 **What a big mouth** she has!

（她的嘴巴好大喔！）

> What 可以表示『真是個⋯的⋯啊！』的意思，這裡說嘴巴很大啦！

▶ What a huge space!（好大的空間喔！）

▶ What cheap clothes they are!（好便宜的衣服喔！）

▶ What a ridiculous excuse it is!（真是個可笑的理由！）

㉟ 感嘆句定義

這種表示強烈感情的句子叫「感嘆句」。感嘆文句尾要用驚嘆號「！」。感嘆句常省略主詞和動詞。

167 What a sunny day (it is)!

（多晴朗的一天啊！）

> 知道在討論的對象是『晴朗的天氣』，所以放在後面的 it is 就被省略了。

▶ What a large garden (it is)!（好大的花園喔！）

▶ What a surprise (it is)!（真叫人驚訝！）

▶ What a beautiful song (it is)!（真美的一首歌啊！）

㊱ How 接副詞感嘆句

MP3 036

用《How ＋形容詞＋主詞＋動詞！》表示「多麼⋯啊！」的意思。這時候 how 的後面不接 a。

168 **How lucky he is!**（他真幸運啊！）

> 因為說的是 lucky 這個形容詞，所以用 how 表示「多麼地」的讚嘆法。

▶ How difficult this task is!（這個任務真難！）

▶ How wonderful it is!（這真是太好了！）

▶ How depressed he looks!（他看起來真是沮喪。）

91

37 How 接形容詞感嘆句

How 的感嘆句，有時後面不是接形容詞，而是接副詞。用《How ＋副詞＋主詞＋動詞！》，表示「多麼…啊！」。

169 **How strangely he behaves!**

（他的行為好怪！）

感嘆的事情是他的行為，所以 how 後面要接副詞才能修飾動作唷！

▶ How perfectly she dresses!（她穿得真好！）

▶ How rudely she spoke!（她那時講話真沒禮貌！）

▶ How early they arrived!（他們到得還真早啊！）

UNIT 8　比較的說法

① 形容詞比較級＋ than（…比…為…）　◉ MP3 037

　　表示比較的形容詞叫「比較級」。用《比較級形容詞＋ than...》來比較兩者之間，意思是「…比…為…」。比較級一般是在形容詞的詞尾加 -er。比較的對象用 than…表示。

170　The cat is almost **bigger than** the dog.
（這隻貓幾乎比那隻狗還大。）

> 因為有修飾 bigger 的副詞 almost 在，所以還沒有到貓比狗大的地步啦！

▶ Jack is a lot smarter than Pat.（傑克比派特聰明得多。）

▶ She is younger than both of you.（她比你們兩個都年輕。）

▶ Nick had a longer vacation than mine.（尼克的假期比我的假期要長。）

② 副詞比較級＋ than（比…還…）

　　副詞也可以和形容詞一樣形成比較級。用《副詞的比較級＋ than...》表示「比…還…」的意思。副詞比較級的作法跟形容詞一樣。

171　You can't drive **slower than** me.
（你不可能比我還開得更慢了。）

> 重點在於 drive 這個動作，針對副詞 slow 來做比較。Can't 這邊當作『不可能』來解釋。

▶ The train runs faster than my car.（那輛火車跑得比我的車子快。）

▶ I can walk a little further than you.（我可以比你走更遠一些。）

▶ He talks much faster than I.（他說話比我快多了。）

③ more...than... 的比較級用法

形容詞或副詞比較長的時候，前面接 more 就形成比較級了。形式是《more ＋形容詞或副詞＋ than…》。

172 ▶ Health is **more** important **than** wealth.

（健康比財富更重要。）

Important 這個字很長，所以在前面加上 more 而不是用 -er 的方式喔。

▶ Bill has more confidence than any other people.

（比爾比任何人都有自信。）

▶ Air in the forest is fresher than that in the city.

（森林裡的空氣比城市裡的要新鮮。）

▶ Her new job is more stressful than the old one.

（她的新工作比之前的壓力還要大。）

④ 比較句省略 than 的情況

比較句中也可以省略 than... 的部分。這是用在不必說出 than...，也能知道比較的對象時。

173 ▶ I shall run faster.

（我要跑快一點。）

要再快一點，當然是跟現在的速度比囉！到形容詞 faster 可以打住了！

▶ I like pork better.（我比較喜歡豬肉。）

▶ Please speak more slowly if possible.（可能的話，請講更慢一點。）

▶ We can be better.（我們可以再更好的。）

⑤ the ＋最高級形容詞（最…的）

三者以上的比較，表示「最…的」的形容詞叫「最高級形容詞」。而在其前面加定冠詞 the，成為《the ＋最高級形容詞》的形式。最高級一般在形容詞詞尾加 -est。

174　She is **the youngest** queen ever.

（她是有史以來最年輕的皇后。）

> 獨一無二的事物要加上定冠詞 the！後面的 ever 則
> 強調『有史以來』的意思。

▶ He is the best photographer in the competition.

（他是比賽中最好的攝影師。）

▶ Rambo is the toughest guy ever!（藍波是史上最強的硬漢！）

▶ This is the biggest diamond I've ever seen.

（這是我所見過最大顆的鑽石了。）

⑥ the ＋最高級副詞（最…） 🔊 **MP3 038**

副詞也可以和形容詞一樣，形成最高級副詞。用《the ＋最高級副詞》表示三者以上之間的比較「最…」的意思，用法跟形容詞一樣。這時候，the 常有被省略的情況。

175　Kate sang **the loudest** in the chorus.

（凱特是合唱團裡唱最大聲的。）

> 最高級副詞 loudest 修飾 sang（唱歌）的動作，強調
> 在這方面是最厲害的！

▶ I jump the highest in my team.（我是隊上跳得最高的。）

▶ Kate sang the loudest in the chorus.（凱特是合唱團裡唱最大聲的。）

▶ Why is he paid the least?（為什麼他報酬得到的最少？）

⑦ the most... 的最高級用法

形容詞或副詞比較長的時候，前面接 most 就形成最高級了。形式是《the most ＋形容詞或副詞》。

176 Tomatoes are **the most** disgusting food in the world!

（蕃茄是世界上最噁心的食物！）

> 很長的形容詞 disgusting，前面加上 most 就變成最高級囉！

▶ PE is the most interesting subject to me.

（體育課對我來說是最有趣的科目。）

▶ Christ is the most famous rock star in the world.

（克斯特是全世界最有名的搖滾明星。）

▶ It is one of the most dangerous places on Earth.

（那是地球上最危險的地區之一。）

⑧ 「one of the ＋最高級形容詞」的最高級用法

最高級形容詞也可以用來修飾複數名詞，用《one of the ＋最高級形容詞＋名詞》表示「最好的…之一」。這是最高級常用的說法。

177 She is **one of the richest writers** in the world.

（她是全世界最有錢的作家之一。）

> 形容詞原級 rich+est，就是最高級形容詞了。前面加 one of the，就成為「最有錢之一」的意思了。

▶ Chinese is one of the most difficult languages.

（中文是最困難的語言之一。）

▶ This is one of the most important festivals. （這是最重要的節日之一。）

▶ Patrick is one of my best friends. （派屈克是我最好的朋友之一。）

⑨ 副詞的比較級

想要做誰「跑得比較快」、「跳得比較遠」…這種動作的比較時，會用到副詞的比較級。副詞的比較級和一般的比較級差不多，同樣也是《形容詞＋er》，只是放置的位置在動詞後，用來修飾動詞。

178 She types **faster** than he.

（她打字打得比他快。）

> 比較 type 這個動作，所以後面是 he types 的省略，才會用主詞形式的 he 喔。

▶ Patty finished later than I. （派蒂比我要晚完成。）

▶ We did better than you! （我們做得比你們好！）

▶ She travels more often than I. （她比我還常去旅行。）

⑩ 副詞的最高級

人們聚在一起常會比較個高下，要選出最好的，會用副詞的最高級。它和一般的最高級相同，同樣也是《形容詞＋ est》或《the most ＋形容詞》；只是位置是在動詞後，用來修飾動詞。

179 The winner **did** the **best** of all the competitors.

（優勝者是參賽者裡最好的一位。）

> 最高級副詞 best 修飾了動詞 did，也就是 good job 的意思啦！

▶ Jenny types the fastest in the office. （珍妮是全辦公室裡打字最快的。）

▶ I work most carefully of all. （我在所有人之中工作最小心翼翼。）

▶ Sam arrived the earliest. （山姆是最早到達的。）

⑪ like...better than...（比較喜愛…勝過…） 🔊 MP3 039

在遇到二選一的狀況時，可以用《like…better than…》從中挑出自己比較喜愛、偏好的一項。要注意喔！ like 和 than 後面接的選項要對稱，例如：前面是名詞，後面也要是名詞。

180 I **like** guitar **better** than violin.

（我喜歡吉他勝過小提琴。）

> 比較副詞 better 就是修飾前面的動詞 like，而 than 的兩邊都是對稱的名詞！

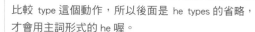

▶ Jill likes action movies better than comedies.
（吉兒喜歡動作片勝過喜劇片。）

▶ They like natural juice better than coffee.
（她們喜歡天然果汁勝過咖啡。）

▶ I like Frech better than Spanish.（我喜歡法文勝過西班牙文。）

⑫ like...the best（最喜愛…）

用英文介紹自己的最愛，要這麼說：《人＋ like/ love ＋最喜歡的事物＋ the best》，當人是《第三人稱 · 單數》時，要把 like 或 love 加上 s 喔。

181　They **like** Chinese culture **the best**.

（他們最喜歡中國文化。）

連可以比較的對象都沒有呢！ the best 就表示最愛的意思喔！

▶ We love bowling the best.（我們最喜歡保齡球。）

▶ Mandy likes drawing the best.（曼蒂最喜歡畫畫了。）

▶ I love traveling the best.（我最喜歡旅行了。）

⑬ as...as（一樣…）

當面臨兩個選擇都不錯，又不想得罪任何一方，就說兩者都「一樣棒」、「一樣好」，是並駕齊驅的狀態，這時用《人＋ be 動詞＋ as ＋比較項目＋ as ＋比較對象》可以婉轉地表達。

182　Linda is **as** beautiful **as** an angel.

（琳達和天使一樣美。）

用天使這個比較的對象，來強調她有多美，是一種間接的形容方式呢。

▶ He is as hard-working as an ant.（他像螞蟻一樣努力。）

▶ Zack is as tall as an adult.（查克和一個成年人一樣高。）

▶ Rob is as strong as an ox!（羅伯和牛一樣強壯呢！）

UNIT 9 現在完成式

① 完了、結果（1）：have ＋過去分詞　◉ MP3 040

「現在完成式」是用來表示，到現在為止跟現在有關的動作或狀態。用《have ＋過去分詞》的形式。現在完成式含有「過去＋現在」的語意。常跟 just（剛剛）連用，表示剛做完的動作，意思是「（現在）剛…」。

183　She **has** just **finished** her ice cream.

（她剛吃完她的冰淇淋。）

> Just 修飾後面的過去分詞 finished，表示這個動作剛剛才完結。

▶ I have just left that store.（我才剛離開那家店。）

▶ Mary has just gone to the church.（瑪莉剛剛才去教堂。）

▶ I've just received a call from her.（我才剛剛接到她的一通電話。）

② 完了、結果（2）

現在完成式還表示動作結束了，而其結果現在還留的狀態。意思是「（已經）…了」。

184　I **have lost** my pen.

（我丟了筆。）

> 之前弄丟了筆，持續到現在都是『遺失』的狀態，所以使用完成式喔！

▶ I have got a new job.（我找到一份新工作。）

▶ My mother has taught me a new word.（我媽媽教了我一個新單字。）

▶ Terry has gone to Thailand.（泰瑞已經去了泰國。）

③ 完了、結果（3）：否定句

動作「完了・結果」用法的否定句，常用副詞 yet，表示動作還沒有完成。意思是「還沒…」。

185 **I have not found my workbook yet.**
（我還沒找到我的習作簿。）

> 表示『找尋』動作從過去持續到現在，配合 not 和 yet 表示動作未完成。

► I have not seen the movie yet.（我還沒去看那部電影。）

► I have not spoken to Mr. Lin yet.（我尚未和林先生說話。）

► We haven't finished yet.（我們還沒有做完。）

④ 完了、結果（4）：疑問句

動作「完了、結果」用法的疑問句，常用副詞 yet，來詢問動作完成了沒有。意思是「（已經）做了…沒？」。

186 **Has he called the police yet?**
（他打電話給警察了沒有？）

> yet 表示『目前』的意思時，只能用在否定句或是疑問句裡喔！

► Has it stopped raining yet?（雨停了沒有？）

► Have they fixed the computer yet?（他們修理電腦了沒？）

► Have you found him yet?（你找到他了沒？）

⑤ 繼續（1）：for/ since

現在完成式，用來表示從過去繼續到現在的動作或狀態。意思是「（現在仍然）…著」。這時候常跟表示過去已結束的某一期間的 for（…之久），或表示從過去某時起，直到說話現在時的 since（自…以來）連用。

187 We have dated **for** three years.

（我們交往已經有三年了。）

「約會」的動作持續到現在已經多久了？用 for 表示時間的『長度』吧！

▶ We have worked on this case for many years.

（我們處理這件案子已經很多年了。）

▶ I have been worried about you since then.

（我從那時以來就一直很擔心你。）

▶ I have waited for two hours.（我已經等了兩小時了。）

⑥ 繼續（2）：been

🔊 MP3 041

表示「繼續」的用法時，be 動詞也可以成為現在完成式。be 動詞的過去分詞是 been。

188 I've **been** standing beside you for ten minutes.

（我已經站在你旁邊十分鐘了。）

表示這時分鐘之久的時間之中，都是處於同一個狀態。

▶ I've been busy since yesterday.（從昨天開始我就很忙了。）

▶ What's he been doing since then?（從那時到現在，他都在幹什麼？）

▶ They have been watching you for a long time.

（他們已經監視你好一段時間了。）

⑦ 繼續（3）：疑問句 How long...?

現在完成式的疑問句可以用 how long 開頭，來詢問繼續的「期間」。這時候要用 for…或 since…來回答。

189 **How long** have you been cheating on me?

（你欺騙了我多久了？）

到現在已經持續了一段時間囉！至於到底多久，就用 how long 來提問吧！

► How long have you been building this house?（你這房子蓋多久了？）

—Since February, 1987.（從 1987 年二月開始。）

—They've been working on this for a month.

（他們著手於這件事已經一個月了。）

⑧ 繼續（4）：否定句

「繼續」用法的否定句，表示「（現在仍然）沒有…」的意思。

190 They **haven't** found the island yet.

（他們還沒找到那座島。）

「找」的動作已經持續了一段時間，到現在還沒完成動作呢。

► I haven't seen him since last October.（我從去年十月起就沒看到他了。）

► I haven't been to this place before.（我以前沒來過這個地方。）

► He hasn't come.（他還沒有來。）

⑨ 經驗（1）：曾經…

表示從過去直到現在為止的經驗，意思是「（到現在為止）曾經…」。這時候常跟 twice（兩次）, once（一次）, before（從前）, often（時常）, ...times（次）等副詞連用。

191 He **has been** to that lake before.

（他之前就去過那座湖了。）

表示「去過某個地方」要用 been 而不是表示「已經去了」的 gone 喔！

▶ I've missed the show twice.（我已經錯過這節目兩次了。）

▶ I've seen him several times.（我有看過他幾次。）

▶ Kelly has called me many times.（凱莉已經打了好幾次電話給我。）

⑩ 經驗（2）：否定句

「經驗」用法的否定句，常用 never（從未⋯，從不⋯）。

192　I have **never** been to China.

（我從來沒有去過中國。）

> never 有強烈的否定意味，表示從以前到現在都沒有發生這個動作。

▶ I have never said that.（我從來沒有說過〈那些話〉。）

▶ They have never won a game.（他們比賽從來沒有贏過。）

▶ She has never lied to me.（她從沒有對我說謊過。）

⑪ 經驗（3）：疑問句 Have...ever...?　🔘 MP3 042

詢問「經驗」的現在完成式疑問句，常用副詞 ever（曾經）。ever 要放在過去分詞的前面。

193　**Have** you **ever** seen snow?

（你看過雪嗎？）

> 從以前到現在，一次也好，就算是看過了，這樣的語氣就該用完成式！

▶ Have you ever visited Nara?（你參觀過奈良嗎？）

▶ Has he ever played this game?（他玩過這遊戲嗎？）

▶ Have you ever tried stinky tofu?（你們有吃過臭豆腐嗎？）

⑫ 經驗（4）：疑問句 How many times / often... ?

可以用 How many times 或 How often 做開頭，成為現在完成式的疑問句，來詢問「曾經做過幾次」。

194 **How often** has he cleaned his room?

（他多常清理他的房間？）

> 用頻率副詞 often，來說明動作在某一段時間當中有多常發生！

▶ How many times have you lent him money?（你借過他幾次錢了？）

▶ How many times have I told you this?（我跟你說過幾次了？）

▶ How many times have you seen him?（你見過他幾次？）

介系詞

① 表時間介系詞

🔊 MP3 043

　　介系詞是放在名詞或名詞相當詞之前，來表示該名詞等和句中其他詞之間的關係的詞。at 用在表示時間上的一點，如時刻等；in 表示較長的時間，用在上下午、週、月、季節及年等；on 用在日或某日上下午等。

195　The TV program begins **at** eight o'clock.

（這電視節目八點開始。）

因為『八點』是個非常明確的時間『點』，所以要用 at 這個介係詞喔！

▶ We can meet in the morning.（我們可以下午見面。）

▶ We play jokes on our friends on April 1st.

（我們四月一號都會開朋友玩笑。）

▶ The meeting starts at noon.（會議是在中午的時候開始。）

② 介系詞片語

下面這些片語，要記住喔！

196　Ann **turns on** the machine in the morning.

（安在早上把機器打開。）

原本是轉的意思的 turn，加上 on 就變成了表示「打開」的動詞片語！

▶ Patty took off her hat.（派蒂把她的帽子脫掉了。）

▶ He looked through his homework.（他檢查過了他的作業。）

▶ They kept on laughing at him.（他們一直嘲笑他。）

③ 表期間介系詞

區分下列這些介系詞的不同：表示動作完成的期限 by（最遲在⋯以前），表示動作繼續的終點 until（直到）；表示期間 for，表示某狀態繼續的期間 during。

197 She spoke in a low voice **during** the speech.

（在演講時她很小聲說話。）

用 during 可以說明在該事件期間的事，這裡是指『小聲講話』這個動作喔。

▶ I'll finish my plan by the fifth of July.

（我會在七月五號以前完成我的計畫。）

▶ We watched TV until ten o'clock.（我們看電視看到十點。）

▶ She went deep into the forest and stayed for a month.（她深入森林裡並且停留了一個月。）

④ 表場所、位置介系詞（1）

用在一地點或比較小的地方 at（在），用在較大的地方 in（在）；緊貼在上面 on（在上面），中間有距離的在上面 above（在上）。under（在下面）在正下方。

198 Your apple pie is **on** the table.

（你的蘋果派在桌上。）

因為桌子是個平面，所以用表示『在⋯之上』的介係詞 on 來說明。

▶ They are digging a hole in the backyard.（他們正在後院挖洞。）

▶ The cat is under the desk.（貓在書桌底下。）

▶ We live on the tenth floor.（我們住在十樓。）

⑤ 表場所、位置介系詞（2）

各種介系詞的位置關係。

199 The ball is **behind** the box.

（球在箱子後面。）

> 以 box 為基準點敘述相對位置，behind 在此表示『在…後面』的意思，。

▶ He is in the bedroom.（他在臥房裡。）

▶ She went across the street.（她穿越過了街道。）

▶ We walked along the river.（我們沿著河散步。）

⑥ 介系詞 with
● MP3 044

出去遊玩、旅行最重要的就是隨行的伙伴了，可以用 with 說說自己是跟誰一夥的。with 是「和」的意思，後面可以接名詞，《with ＋一起行動的人或物》就變成「和某人或某物一起」。

200 Dolly had dinner **with** Miller on Valentine's Day.

（情人節那天桃莉和米勒一起吃晚餐。）

> With 後面的受詞 Miller 就是同伴，一起做前面敘述的「吃晚餐」這件事。

▶ He suddenly showed up with the boss.（他和老闆忽然一起現身。）

▶ Patty moved to Russia with her husband.
（派蒂和她丈夫一起搬到俄國住。）

▶ Mom is staying at home with Dad.（媽媽和爸爸一起待在家裡。）

⑦ 介系詞 without ＋名詞

Without 是「沒有…」的意思，後面可以接名詞，《without ＋人或物》就變成「沒有和某人或某物一起」。

201 This family is not whole **without** you.

（這個家沒有你是不完整的。）

前面提到事情的結果，without you 在此則是這件事發生的條件喔！

▶ I told the truth without personal emotion.

（我不帶私人感情地說出真相。）

▶ Life without music is boring. （沒有音樂的人生是無趣的。）

▶ She went traveling without a plan. （她沒有計畫就去旅行了。）

❽ 介系詞 without ＋動名詞

without 是「沒有」的意思，後面若是要接動作時，要把動詞變成動名詞的型態，《without ＋沒有發生的事》就變成「沒有…」。

202 We went to Korea **without** telling our parents.

（我們沒跟父母說就去了韓國。）

Without 後面必須是名詞或是可當作名詞看的「動名詞」喔！也就是 telling。

▶ Jack made the decision without discussing it with his wife.

（傑克沒有和他妻子討論就做了決定。）

▶ You can't run a business without understanding customers.

（做生意不能不了解顧客。）

▶ He signed the contract without asking questions.

（他問都沒問就簽了合約。）

❾ 情意動詞＋介係詞

除了可以用 by 來說明是誰做的動作，不同的介係詞和動詞組成慣用的片語，還有其他不同的意思，像是：「be interested in ＋有興趣的對象」、「be excited about ＋感到興奮的對象」、「be surprised at ＋感到驚訝的事物」…。

203 We **are** all **excited about** this big business.

（我們都對這筆大生意感到興奮。）

> 動詞 excite 是『令人興奮』的意思，所以因為事物感到興奮的人就是它的受詞。

▶ My brother is interested in music.（我弟弟對音樂很有興趣。）

▶ Dad was satisfied with my explanation.（爸爸對我的解釋感到滿意。）

▶ Don't be angry with me!（別對我生氣嘛！）

① 用 by 來表示動作者

● MP3 045

被動式就是「被…」的意思，主要的結構是《主詞＋ be 動詞＋過去分詞》，若是想要特別說明是「被誰…」，那就要主要結構後面加上《by ＋動作者》。

204　　Mr. Brown **is loved by** his students.

（伯朗先生受學生喜愛。）

> 看似主詞的 Mr. Brown 在此反而是承受 love 這個動作的對象喔。

▶ John is hit by a ball.（約翰被球打到。）

▶ This was painted by Picasso.（這是畢卡索畫的。）

▶ The temple was built by the Mayans.（那座廟是由馬雅人所建造的。）

② 行為者不明

被動式中，不清楚是誰做的動作時，可以不用加上「被誰…」來說明做動作的人，只要講出《主詞＋ be 動詞＋過去分詞》來說明「接收動作的人，接受到怎樣的動作」就可以了。

205　　My wallet **was stolen** in a public restroom.

（我的錢包在公共廁所被偷了。）

> 錢包是承受 steal 動作的對象，但動作者卻不明，只好省略這部分囉。

▶ What he said was written down.（他說的話被寫下來了。）

▶ The church was built many years ago.（這座教堂是好幾年前建造的。）

▶ This question has been asked many times.

（這個問題被問過很多次了。）

③ 疑問用法

被動式的疑問句，是把直述句主要結構中的 be 動詞移到句首，變成《be 動詞＋主詞＋過去分詞？》這樣的問句結構。

206 ▸ **Is the land sold?**

（那塊土地被賣了嗎？）

被動式裡的 be 動詞，改成問句時也要倒裝在前面，但注意後面是過去分詞的動詞唷！

▶ Were you told to do this by someone?（有人告訴你要這麼做嗎？）

▶ Was the man killed?（那男人被殺了嗎？）

▶ Is this meeting finished?（這場會議結束了嗎？）

❶ 不定詞的名詞用法

不定詞主要的功能是讓一個句子裡，不會同時出現兩個動詞，而造成錯誤文法。舉例來說：want (to go) 的用法，可避免 want 和 go 兩個動詞同時存在，這時，不定詞具有名詞的性質。

207 My father **wanted to** leave the hospital.

（我爸爸想要離開醫院。）

> to go 是真正的動詞「想要」的內容，而不是真正進行的動作喔！

▶ They started to sing.（他們開始唱歌。）

▶ I need to keep my body in shape.（我需要保持我的身材。）

▶ I decided to go abroad.（我決定要出國。）

❷ 不定詞的副詞用法（1）

不定詞也可以當作副詞來使用，舉例來說：I use this notebook.（我用這本筆記本）已經是句完整的句子，若想要詳細說明筆記本的用途，就加上 to keep a diary（寫日記），當作副詞來修飾 use 的用途（目的）。

208 His dog bites the toys **to sharpen** its teeth.

（他的狗啃咬玩具來磨牙。）

> 不定詞片語在這裡說明 bite 這個動詞的目的，有副詞的效果呢。

▶ She asked me to help her.（她請我幫忙她。）

▶ I turned on the stove to heat up the soup.（我把爐子打開，把湯加熱。）

▶ They bought a turkey to celebrate Thanksgiving.

（他們為了慶祝感恩節而買了一隻火雞。）

③ 不定詞的副詞用法（2）

　　不定詞當副詞使用時，除了修飾動詞、也可以修飾形容詞，主要的結構是《主詞＋ be 動詞＋形容詞＋不定詞》，其中的不定詞用來修飾形容詞，表示其原因。

209 ▸ Judy is happy **to receive** a dozen roses.

（茱蒂收到一打的玫瑰花很開心。）

> 不定詞片語說明了形容詞 happy 的原因，原來是因為收到花呀！

▸ I am glad to see you!（我很高興見到你！）

▸ I am sorry to hear about the matter.（聽說了這件事情我感到遺憾。）

▸ They were sad to know the results.（他們知道結果而感到難過。）

④ 不定詞的形容詞用法

　　不定詞也可以當作形容詞來使用，位置是接在名詞後面，修飾及補充說明名詞，舉例來說：work to do 就是用不定詞該去完成（to do）形容前面的 work，指該完成的工作。

210 ▸ I have a few **messages to listen to**.

（我有一些留言要聽。）

> 名詞 message 要拿來做什麼用的？不定詞片語告訴你：要聽的。

▸ My ninety-year-old grandpa has many stories to tell.

（我九十歲的爺爺有很多故事可以講。）

▸ They still have three miles to go.（他們還有三英里的路程。）

▸ I need a few hours to think about it.（我需要幾個小時來考慮這件事。）

⑤ 疑問詞 to

　　不定詞也可以放在疑問詞後面，來形容疑問詞，表示你不知道有關於那個不定詞的訊息，舉例來說：what to do 後面的不定詞（to do）用來修飾前面的疑問詞（what），表示不知道要做什麼。

211 ▸ **They have no idea how to cook.**

（他們完全不知道該怎麼料理。）

How 的後面加上 to cook，其實就是指料理的方法喔！

▸ Do you know how to use this?（你知道怎麼使用這個嗎？）

▸ I don't know what to say.（我不知道要說什麼。）

▸ He has no idea which to choose.（他完全不知道要選則哪一個。）

⑥ 不定詞的否定

● MP3 047

不定詞的否定和一般否定一樣，若是句中的動詞是一般動詞，就在動詞前面依照時態和人稱，加上否定助動詞 don't、didn't、doesn't，若句中是 be 動詞，就在 be 動詞後面接上 not。

212 ▸ **Don't you want hot coffee to drink?**

（你不想要喝些熱咖啡嗎？）

因為是一般動詞 want，所以加上 don't 變成問句，to drink 則說明咖啡的用途喔。

▸ The mailman doesn't have any mail to give us.

（郵差沒有任何信件要給我們。）

▸ Jack is not happy to lose his wallet（傑克很不開心他弄丟了皮夾。）

▸ He wasn't pleased to hear the news.（他聽說了這件消息並不是很高興。）

⑦ 不定詞當主詞

要跟朋友聊聊做某件事情的甘苦談，可以用不定詞當主詞，針對不定詞引導的那件事發表意見。句子的結構和一般的句子相同《不定詞＋動詞＋受詞》，用來描述不定詞所說明的那件事。

213 **To deal** with fourteen kids at a time is exhausting.

（一次面對十四個小朋友很累人。）

> 前面的不定詞片語等於是一個長長的名詞，所以要用單數形的 is 喔！

▶ To fight for your dream is really cool!（為夢想奮鬥很酷！）

▶ To love him is to know him.（愛他就是要瞭解他。）

▶ To give is to receive.（給予就是獲得。）

⑧ It is...to

要針對不定詞引導的那件事發表意見，可以用句型《it is ＋形容詞＋不定詞》。it 在這裡是虛主詞，也就是沒有實質意義的主詞，真正的主詞是不定詞。這樣的句型也可以轉換成《不定詞＋ is ＋形容詞》的模樣。

214 **It is** common **to own** pets in the U.S.A..

（在美國養寵物很普遍。）

> 虛主詞 it 就等於後面的不定詞片語喔！所以形容詞也等於是修飾了片語！

▶ It is urgent to find my child.（找到我的小孩是很緊急的。）

▶ It is important to eat less and exercise more.（少吃多動很重要。）

▶ It's not safe to walk alone at night.（晚上時單獨走路並不安全。）

⑨ It is...for ＋人＋ to

和前面的句型相同，只是在句子中加入《for ＋人》，就可以表達出「對某人而言」這個概念，所以《It is ＋形容詞＋ for ＋人＋不定詞》就表示著「不定詞這件事對某人來說是…」。

215 **It is bad for you to chat** with a stranger.

（對你來說和陌生人聊天是不好的。）

> 加上 for you，表示這件事情對於「你」的影響是形容詞 bad。

► It isn't hard for me to climb to the top. （對我來說爬到山頂並不困難。）

► It is lucky for him to have an excellent partner.

（對他來說有個出色的夥伴是很幸運的。）

► It is dangerous for the elderly to fall off the chair.

（對年長者來說從椅子上摔下是很危險的。）

⑩ Too...to

對於別人的要求、邀請，總可能有無法答應的時候，這時可以用《Too ＋
形容詞＋不定詞》就是「太…而不能…」，委婉地說出自己的苦衷，來尋求諒
解。在句子中加入《for ＋人》則說明是針對某人而言。

216 　He is **too** fat **to** hide inside the closet.

（他太胖了，無法藏身在衣櫥裡。）

因為太胖，所以無法做不定詞片語裡提到的事情，
有因果關係的味道喔！

► I am too tired to push the door open. （我太累了，而沒辦法推開門。）

► It is never too late to acquire new knowledge.

（學習新知永遠不嫌晚。）

► You're still too young to drive. （你還太年輕了，不能開車。）

⑪ 動名詞當補語

一個句子裡只能有一個動詞，所以當出現了兩個動作時，後面的動詞要變
成動名詞，當作前面動詞的補語，才不會造成兩動詞同時出現的文法錯誤。

217 　The dog **started chasing** its own tail.

（那隻狗開始追自己的尾巴。）

真正的動詞是 start，所以過去式加 -ed 也要加對地
方喔！

► Try paying attention, please. （請專心點。）

► He enjoys talking about his childhood. （他很喜歡談他的童年。）

► I prefer staying at home than going out.（和出門比起來，我比較偏好待在家裡。）

⑫ 動名詞當主詞

　　動名詞因為具有名詞的性質，所以也可以放在句首當作主詞，《動名詞＋be 動詞＋形容語句》，用這樣的句型就可以形容說明某項行為。

218 **Writing** a poem **is difficult** for me.

（寫詩對我來說很困難。）

> 把「寫詩」的動作當作名詞時，用 V-ing 表達才對，當作「一件事情」看待！

► Respecting one another is necessary.（尊重他人是十分必要的。）

► Burning the midnight oil is bad for your health.（熬夜對身體不好。）

► Stealing is against the law.（偷竊是違反法律的。）

⑬ 動詞後接動名詞

　　一個句子裡不可以同時出現兩個動詞，所以，若有兩個動詞的狀況發生，要把後面的動詞改成動名詞或不定詞。有些動詞後面只能接動名詞，像是這裡的所舉的例子。

219 She **prefers having** guests in her house.

（她很喜歡家裡有客人。）

> Prefer 是真正的動詞，後面動名詞片語表示 prefer 什麼事情。

► Joy stopped talking.（喬伊停止說話了。）

► She prefers having guests in her house.（她比較喜歡家裡有客人。）

► Do you mind turning the TV off?（你介意把電視關掉嗎？）

⑭ 動詞後接不定詞

　一個句子裡不可以同時出現兩個動詞,所以,若有兩個動詞的狀況發生,要把後面的動詞改成動名詞或不定詞。有些動詞後面只能接不定詞,像是這裡的所舉的例子。

220 ▎ I **need to get** to the concert hall.

（我得到音樂廳那裡去。）

> 動詞 need 後面必須是不定詞來說明「必須做什麼」才行喔。

▶ I expect to see you soon.（我期待很快見到你。）

▶ She pretended to care about me.（她假裝她很關心我。）

▶ We agreed to cancel this trip.（我們同意要取消這次旅行。）

⑮ 可接動名詞或不定詞的動詞（意義相同或不同）

　同一個動詞接上不定詞或動名詞,可能會有不同意義。動名詞通常代表過去已經做過的,例如:《remember ＋動作》表示記得做過…;不定詞通常代表未來將要進行,例如:《remember ＋動作》表示記得要去做…。

221 ▎ The waiter **forgot to give** us some
napkins.

（服務生忘了給我們一些餐巾了。）

> 用不定詞表示「忘了去做這件事」;用動名詞則會變成「忘了做過這件事」。

▶ They hardly remembered washing the dishes.（他們幾乎不記得洗過盤子這件事了。）

▶ They stopped to take pictures.（他們為了照相而停下腳步。）

▶ They stopped taking pictures.（他們停止了照相。）

UNIT 13 連接詞

① And

🔘 MP3 049

　　And 是對等連接詞，左右兩邊所連接的事物要對稱，要是左邊的是單字，那麼 and 右邊也必須是單字，若是左邊是動詞片語右邊也必須相同，而且詞性也必須對稱喔，名詞對名詞、形容詞對形容詞。

222　Relax your shoulders **and** your arms.

（把你的肩膀和手臂都放鬆下來。）

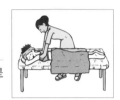

　　動詞 relax 的受詞有兩個，用 and 來連接，也就是
　　shoulders 和 arms。

▶ I went home and took a shower.（我回家洗了澡。）

▶ Release the girl and drop your weapons!

（放開那女孩，放下你的武器！）

▶ To speak and to listen are both important.

（說話與傾聽，兩者都很重要。）

② But

　　當事情有了變化，語氣有轉折，像是中文裡的但是、不過、可是，都可以使用 but 這個轉折連接詞。和前面的連接詞一樣，but 左右所連接的事物要對稱，詞性和類型都要相同，規定和 and 相似。

223　I tried to kick the ball **but** missed it.

（我試著踢那顆球但卻失了準頭。）

　　前後語氣有相反的意味時要用 but，兩邊都是過去式
　　動詞，符合對稱的原則呢！

▶ The story is weird but creative.（這故事很奇怪但很有創意。）

▶ He read the book but didn't understand it.

（他讀了那本書但卻不瞭解。）

▶ The ring is beautiful but expensive.（那戒指很美，但很貴。）

③ Or

選擇餐點、選要買哪件衣服、選擇要唸的科系…，生活上常會面臨大大小小的選擇，or 就是給人選擇的連接詞，左右連接的是對稱的兩個選擇。兩邊的類型、詞性都要相同。

224 Is the bag full **or** empty?

（那袋子是滿的還是空的？）

or 的兩邊是對稱的形容詞，表示 is 之後的兩種可能。

▶ He doesn't care whether we win or lose.（他不在乎我們是輸還是贏。）

▶ Do you prefer singing or dancing?（你比較偏好唱歌還是跳舞？）

▶ I'll be home sooner or later.（我很快就會到家了。）

④ Because- 放在句中

要說明原因、解釋狀況的時候，用 because 連接主要子句和附屬子句，形成這樣《主要子句＋ because ＋附屬子句》的結構，其中附屬子句是用來解釋原因，無法跟主要子句分開自成一句。

225 The post office is closed today **because** it's Sunday.

（因為今天是星期天所以郵局休息。）

前面主要子句說明事件，because 後面的附屬子句則說明事件的原因。

▶ The girls like Jason because he is handsome and friendly.

（女孩們喜歡傑森，因為他長得帥又很友善。）

▶ I voted for him because I know him.（我投票給他是因為我瞭解他。）

▶ I was late because I had a flat tire.（我遲到是因為爆胎了。）

⑤ Because- 放在句首

　　because 也可以放在句子的開頭，形成這樣《Because ＋附屬子句＋主要子句》的結構，其中 because 所引導的附屬子句是用來解釋主要子句的原因，而且，要注意用逗點分開兩個句子喔。

226 **Because** he's standing in front of me, I can't see anything!

（因為他站在我前面，所以我什麼也看不見！）

> 把附屬子句調換放在前面，後面才是由主要子句敘述的事件！

▶ Because their hobbies were similar, they became friends.

（因為他們興趣相近，所以成為朋友。）

▶ Because I pointed in the wrong direction, she was lost.

（因為我指錯方向，所以她迷路了。）

▶ Because I lost my wallet, I couldn't pay.

（因為我把皮夾弄丟了，所以沒辦法付錢。）

⑥ So

🔘 MP3 **050**

　　有因就有果，so 就是用來說明結果。so 可以放在句子中間，連接主要子句和附屬子句，形成《主要子句＋ so ＋附屬子句》的結構，其中附屬子句用來說明結果；也可以放在句子的開頭，但要注意用逗點分開兩個句子喔。

227 They're going to Europe **so** they are packing up.

（他們要去歐洲十九天，所以正在打包。）

> So 和 because 是意義相反的，所以應該是「原因 → so →事件」才對喔！

▶ It was too expensive so I bought something else.

（那太貴了，所以我就買了別的。）

▶ Lydia just took an eleven-hour flight so she wants to rest.

（莉蒂亞剛結束十一小時的航程，所以她想要休息一下。）

► I missed him, so I wrote him a letter.
（我因為很想念他而寫了一封信給他。）

⑦ Before

before 是說明時間的先後的連接詞，可以放在句子的中間，形成這樣《主要子句＋ before ＋附屬子句》的結構（其中附屬子句是用來敘述較早發生的事件），或是放在句子的開頭，只是要注意用逗點分開兩個句子喔。

228 We should finish the report **before**
August.
（我們應該在八月前完成報告。）

Before 是『在…之前』的意思，是說在八月以前要『完成報告』這件事情。

► Think twice before you spend that money.（花那筆錢之前要三思。）

► Before I tell you the answer, why don't you make a guess?
（在我告訴你答案之前，何不猜看看呢？）

► Let's go before she sees us!（在她看見我們之前快走吧！）

⑧ After

after 是說明時間的先後的連接詞，可以放在句子的中間，形成這樣《主要子句＋ after ＋附屬子句》的結構，（其中附屬子句是用來敘述較晚發生的事件），也可以放在句子的開頭，但注意要用逗點分開兩個句子喔。

229 Should I go swimming **after** school?
（放學之後，我該去游泳嗎？）

After 和 before 是相反的兩個詞，所以是「後面的事 → after →前面的事」！

► What happened after I left?（我離開後發生了什麼事？）

► I will not be here after six o'clock.（六點之後我不會在這裡。）

► After dinner, we went to the movies.（晚餐結束之後，我們去看了電影。）

9 If

if 是說明條件和限制的連接詞，可以放在句子的中間，代表著「如果…，就…」，形成這樣《主要子句＋ if ＋附屬子句》的結構。（其中附屬子句是用來敘述可能的狀況或要求的條件），也可放在句子開頭，但要用逗點分開兩個句子。

230 ▸ I usually go jogging in the morning **if** it doesn't rain.

（如果沒下雨的話，我通常會去晨跑。）

> If it doesn't rain 是『前提』的角色，前提成立，前面的主要子句才會發生唷。

▶ If your dad's also coming, please let me know.

（如果你父親也要來，請先告訴我。）

▶ If that's the wrong answer, I will fail the test.

（如果那是錯的答案，我考試就會不及格。）

▶ She won't forgive you if you don't apologize.

（如果你不道歉，她是不會原諒你的。）

10 Whether

whether 有著義無反顧的精神，代表著「不論如何…」。可以放在句子的中間，形成這樣《主要子句＋ whether ＋附屬子句》的結構，其中附屬子句是可能的情況，等於「是否…」的意思。

231 ▸ You can't fall asleep **whether** you're tired (or not).

（不論你是否疲倦，都不能睡著。）

> whether 本身就有『是否』的意思，所以常常會把 or not 省略喔！

▶ She is not sure whether she will go abroad (or not).

（她不確定是否要出國。）

▶ The result depends on whether we win (or not).

（結果得看我們有沒有贏。）

► We'll go whether it rains (or not). （無論是否下雨，我們都會去。）

⑪ When

when 用來連接兩件同時發生的事情。左右都是現在式時，代表著「當…，就…」，是一種普遍的狀況。放在句中是《主要子句＋ when ＋附屬子句》的結構。when 也可以放在句子的開頭，但要用逗點分開兩個句子。

232 ► **When** Bob talks to other girls, Ana gets jealous.

（鮑柏和其他女生說話時，安娜會吃醋。）

> 這裡說明的是『普遍的情況』，而不是形容特定時間發生的事情喔！

► Listen when somebody gives you advice. （有人給你意見的時候要聽。）

► You should be careful when you make a decision.
（你在做決定的時候應該要小心。）

► Stay calm when you're in danger. （當你身在危險中時要保持冷靜。）

⑫ when... 動詞過去式

When 的左右兩個事件都是過去式時，代表「當…，就發生了…」，描述過去同時發生的事件。放在句子中形成《主要子句＋ when ＋附屬子句》的結構。When 也可放在句子開頭，但要用逗點分開兩個句子喔。

233 ► His face turned red **when** he described that girl to me.

（他向我形容那女孩的時候臉都紅了。）

> 兩邊對稱的句子都是過去式，表示兩件事情都在過去一起發生囉。

► There was trash everywhere when I arrived home.
（我回到家時到處都是垃圾。）

► When I talked to the class, I especially mentioned that problem. （我對全班說話的時候，特別提到這個問題。）

► He looks different when he talks about his daughter.

（他再說關於他女兒的事情時，看起來不太一樣。）

⑬ when... 動詞現在式

when 引導現在式的附屬子句，連接未來式的主要子句，表達出動作先後的銜接，也就是「現在一完成…，就馬上…」。放在句中形成《主要子句＋ when ＋附屬子句》的結構。另外，when 放在句子的開頭時，要注意用逗點分開兩個句子喔。

234 ▶ **When** the audience is ready, the show will begin.

（當觀眾準備好時，表演就會開始。）

> when 帶領的子句是『條件』，再用未來式說明將會發生的事，在此是兩個都還沒發生。

► We will have a barbecue together when my dad returns.（等我爸回來，我們會一起烤肉。）

► I will start to talk when you stop shouting.（等你們停止大聲喊叫，我就會開始說話。）

► She will tell you when it's time.（等時候到了，她就會告訴你的。）

⑭ While

while 是說明同時發生的連接詞，強調持續了一段時間，可以放在句子的中間作連接，形成這樣《主要子句＋ while ＋附屬子句》的結構。while 放在句子開頭時，要注意用逗點分開兩個句子喔。

235 ▶ The guests arrived **while** I was baking cookies.

（當我在烤餅干時，客人就到了。）

> while 帶領的『過去進行式』表示在另一事件發生前，就已經在進行的事情。

► The phone rang while I was watching the soccer game.

（我看足球賽的時候電話響了。）

► While she apologized, I saw tears in her eyes.

（她道歉的時候，我看見她眼裡有淚光。）

► It started raining while we were picnicking.

（在我們野餐的時候，開始下雨。）

15 Not...but

想要澄清誤會、或解釋說明事實時，可以用《Not...but》兩個連接詞組成的組合連接詞，代表「不是…而是…」的意思，同樣的 not 和 but 後面接的詞必須詞性和類型都要對稱。

236 ▶ This is **not** a practice **but** a quiz.

（這不是練習，而是測驗。）

連接詞 but 否定前面的 practice 這件事，它的前後也都是對稱的名詞呢！

► We realized that she's not angry but upset.

（我們發現她沒有生氣，只是沮喪。）

► He is not just nice but super nice. （他不只是人好，而是超級好。）

► She drank not juice but wine. （她喝了酒而不是果汁。）

16 both A and B

🔊 MP3 052

《both A and B》是由兩個連接詞組成的組合連接詞，代表「A 和 B 都」的意思，其實就是 and 的句型，加上了 both 來加強語氣，意思用法還是很類似，both 和 and 後面接的詞語需要對稱。

237 ▶ I am **both** intelligent **and** athletic.

（我不但聰明也很有運動細胞。）

both 等於合併了 I am intelligent 和 I am athletic 這兩個句子呢！

▶ Both Thanksgiving and Christmas are important holidays.

（感恩節和聖誕節都是重要的節日。）

▶ She bought both the shoes and the wallet.（她買了鞋子也買了皮夾。）

▶ I ran into Jack both in the library and on the subway.

（我在圖書館跟體育館都遇到傑克。）

⑰ Not only..., but also...

要誇讚某人能力很好，可以用《Not only..., but also...》這個組合連接詞，代表「不只…，還…」的意思，後面都要接對稱的語詞，另外，also 可以省略。

238 ▶ Paris **not only** lied, **but also** stole.

（芭莉絲不只撒謊，還偷了東西。）

> 這句其實是 Paris lied 和 Paris stole 兩個事實的綜合啦！

▶ The scandals are not only terrible, but also shameful.

（那些醜聞不只是糟糕，也很丟臉。）

▶ Louis is not only smart, but also brave. （路易士不只聰明，也很勇敢。）

▶ The dress is not only pretty but also cheap.

（那件洋裝不僅漂亮，還很便宜。）

⑱ So...that

要說明原因和結果的關係時，可以用《So...that》這個組合連接詞，是「太…，以致於…」的意思，其中，so 後面可以接上形容詞或副詞，用來表示原因；而 that 則是引導了一個句子，表示結果。

239 ▶ The storm was **so** scary **that** we all stayed home.

（暴風雨太嚇人了，〈以致於〉我們全部待在家裡。）

> 因為 scary 的關係，所以導致了後面 that 子句的事件。

► She was so embarrassesd that she left immediately.

（她覺浔很尷尬，〈以致於〉立刻就離開了。）

► The price was too high that she couldn't afford it.

（金額太高了，〈以致於〉她負擔不起。）

► The weather was so cold that she put on another coat.

（天氣太冷了，以致於她又多穿了一件外套。）

⑲ So am I

　　想要表示同感時，除了可以用 also、too 表示「也…」，還可以用《So ＋ be 動詞＋人》來表示，其中的 so 就是代替了主要子句，使用方法是《主要子句＋ and ＋ (So ＋ be 動詞＋人)》。

240 ► Dolly is afraid of the sharks, and **so is she**.

（桃莉怕鯊魚，而她也是。）

> 後半句等於是 she is afraid of the sharks 的縮寫，只留下 be 動詞就可以了！

► Jack was absent yesterday and so was I.（傑克昨天缺席，而我也是。）

► I am against this idea and so are they.（我反對這個想法，而他們也是。）

► I am an American, and so are they.（我是個美國人，而他們也是。）

⑳ So do I

　　想要告訴對方自己也有同感時，除了可以用 also、too 表示「也…」，還可以用《主要子句＋ and ＋ (So ＋ do ＋人)》來表示，就等於（主要子句＋ and ＋人＋ do, too），其中，若是人是單數就要把 do 改成 does。

241 ► Alice loves toast with butter and **so does Jason**.

（艾莉絲很喜歡奶油吐司，而傑森也是。）

> 因為共同點是一般動詞 love，所以後半句要用 do 而不再是 be 動詞喔！

▶ He accepted my apology and so did she.

（他接受了我的道歉，而她也是。）

▶ Emily needs more energy and so do I.

（艾蜜莉需要更多的精力，而我也是。）

▶ I prefer small villages to big cities, and so does she.

（我喜歡小鎮勝過大城市，而她也是。）

㉑ So can I

MP3 053

　　想要告訴對方自己也可以做得到，除了可以用 also、too 表示「也能…」，還可以用《主要子句＋ and ＋(So ＋ can ＋人)》來表示，，其中的 so 就是代替了主要子句，所以等於（主要子句＋ and ＋人＋ can, too ）。

242 ▶ Patty can play volleyball well and **so can you**.

（派蒂排球打得很好，而你也能。）

兩個人的共同點都在於「可以」打好排球，所以後面把助動詞留下就好啦！

▶ You can deal with it and so can he. （你能處理這件事，而他也能。）

▶ They can support you and so can we. （他們可以支持你，而我們也可以。）

▶ He can speak Japanese and so can we. （他會說日文，而我們也會。）

㉒ Neither

　　想要告訴對方自己也有同樣負面、否定的感覺時，可以用 neither，代表「也不」的意思，句子結構是《主要子句＋ and ＋ (neither... 人)》，和《so... 人》的用法相同，只是意思完全相反。

243 ▶ He didn't like that design and **neither did Jack**.

（他不喜歡那個設計，而傑克也不喜歡。）

前面是過去動詞，所以後半段用過去式 did，不用 not 是因為 neither 已經有否定的意味囉！

► Neither Sally nor Jane wanted to share their cooking tips.

（莎莉和珍都不想分享她們烹飪的小秘訣。）

► Dad hasn't had supper and neither has Mom.

（爸爸還沒吃晚餐，而媽媽也還沒。）

► I haven't seen him before and neither has Ivy.

（我從沒見過他，艾薇也沒有。）

㉓ Too

too 是「也是」的意思，句子結構是《主要子句＋ and ＋（人＋助動詞／be 動詞）＋ ,too》，口語中常用的 me, too.（我也是），雖不符合文法，但卻常被掛在嘴邊。

244　Mathew is homesick, and Lisa is, **too.**

（馬修想家，而麗莎也是。）

> 也就是 Lisa is homesick 的意思啦，而且都是第三人稱・單數，所以都用 is。

► He knows a lot of magic tricks, and I do, too.

（他知道很多魔術技法，而我也是。）

► She is busy during weekdays, and Diana is, too.

（她在平日都很忙，而黛安娜也是。）

► Tom keeps a diary, and Bob does, too.

（湯姆有寫日記的習慣，而包柏也是。）

㉔ Either

想要告訴對方自己也有同樣負面、否定的感覺、或說到彼此同樣沒做到…，either 是「也不是」的意思，意義和 too 完全相反，但用法和 too 完全相同。

245　Cathy is not a selfish person, and Frank isn't **either.**

（凱希不是個自私的人，而法蘭克也不是。）

> either 不像 neither 有否定意思，所以後半段句子還是要加 not 才可以喔！

▶ I don't use the Internet, and Patrick doesn't either.

（我不用網路，而派翠克也不用。）

▶ She wasn't downstairs, and he wasn't either.

（她當時不在樓下，而他也不在。）

▶ Ray will not leave you, and I won't either.

（雷不會離開你的，而我也不會。）

25 either...or...

想法不確定時，就用《either...or...》這組合連接詞，說出「不是…就是…」代表自己有隱約的記憶。和前面連接詞相同，either 和 or 後面接的詞語必須對稱，詞性和類型必須相同。

246 ▶ You may choose **either** jam **or** honey.

（你有果醬和蜂蜜可以二選一。）

> 因為只有兩樣東西，所以可以用 either，再多可就不行囉！

▶ The wedding will either be this month or next.

（婚禮不是這個月舉行，就是下個月。）

▶ Either Jack or I will take her to the dentist.

（不是傑克就是我將帶她去看牙醫。）

▶ Either tea or coffee will do. （茶或咖啡都可以。）

26 neither...nor...

一時忘記正確答案，可以用刪去法，把不對的選項去掉，《neither...nor...》這組合連接詞，有著「既不…也不…」的刪去概念。而 neither 和 nor 後面接的詞語同樣必須對稱，詞性和類型也必須相同。

247 ▶ I want **neither** chicken **nor** duck.

（我既不想要雞肉，也不想要鴨肉。）

> neither 不需要 not 就可以表示否定，而且是用在「兩樣東西」的情況喔！

▶ Neither Lily nor I have been to Europe.（莉莉和我都沒去過歐洲。）

▶ Neither you nor he knows the right direction.（你和他都不知道正確的方向。）

▶ The answer is neither A nor C.（答案不是 A 也不是 C。）

UNIT 14 附加問句

① 一般動詞用法

MP3 054

　　附加問句是在直述句後，接上簡短的問句並用逗號隔開。若直述句是肯定的，後面問句就是否定的。否定助動詞要用縮寫形式，如：doesn't、can't...；直述句是否定的，後面附加問句是肯定的。

248　Jack needs a haircut, **doesn't he**?

（傑克需要剪頭髮，對吧？）

> 主要句子中是一般動詞，主詞又是第三人稱‧單數，所以要用 doesn't 才對！

▶ You keep a diary, don't you?（你有寫日記〈的習慣〉，對吧？）

▶ She has great power, doesn't she?（她有很大的權力，對吧？）

▶ The judge believes me, doesn't he?（法官相信我，對吧？）

② Be 動詞用法

　　be 動詞的附加問句，如果直述句是肯定的，那麼後面要加上否定的附加問句（否定 be 動詞＋人），否定 be 動詞都要用縮寫形式，如：aren't、isn't、wasn't...；如果直述句是否定的，那麼後面加上的附加問句就是肯定的（be 動詞＋人）。

249　They are on a diet, **aren't they**?

（他們在節食，是嗎？）

> 前面是肯定敘述，附加問句相反就是否定，注意這裡是用 be 動詞喔！

▶ The level of this book is too difficult, isn't it?

（這本書的程度太困難了，是吧？）

▶ It's a long distance, isn't it?（距離很遠，是嗎？）

▶ She's safe now, isn't she?（她現在很安全，是吧？）

UNIT 15　人或事物中的全部或部分

① Both 放句首，在動詞前面　　　　🔘 MP3 055

　　想要描述兩個有相同狀況的對象時，可以用 both，一次針對兩者同時說明：《Both of ＋複數受格＋敘述內容》或《Both ＋對象 1 and 對象 2 ＋敘述內容》，而既然是兩個對象，後面動詞當然是複數型囉！

250 ▶ **Both of** the teams were beaten.

（兩支隊伍都被打敗了。）

> 看到 both 就要聯想到「2」，既然是兩個隊伍，當然是用複數形的 be 動詞囉！

▶ Both of these CDs are available.（這兩片 CD 都還買得到。）

▶ Both of the twins are beginners.（兩個雙胞胎都是初學者。）

▶ Both pink and white are my favorites.（粉色和白色都是我的最愛。）

② Both 放句中，在動詞後面

　　both 用來描述的是兩個有相同狀況的對象時，也可以放在動詞後面：《對象 1 and 對象 2 ＋動詞＋ both ＋敘述內容》，現在式時動詞用 are 或動詞原形即可。

251 ▶ Ricky and I are **both** fond of badminton.

（瑞奇和我都喜歡打羽毛球。）

> 其實只是把 both 從前面換到中間罷了啦！同樣表示「兩人都…」的意思喔！

▶ We both studied in advance.（我們兩個都事先讀過了。）

▶ You both should stop bothering me.（你們兩個都該停止打擾我了。）

▶ Ivy and Will were both at the theater.（艾薇和威爾兩人當時都在劇院那。）

③ 全部可數：All

　　當要說明的對象是三者以上的全體時，就會用 all 來涵蓋全部的範圍。用法和 both 很像：《All of ＋對象＋敘述內容》。既然是三者以上，後面動詞當然也是複數型囉！

252 ▸ **All of** the birds are in the cage.

（所有的鳥都在籠子裡。）

> 對象超過兩個時，就不能用 both 啦，不管有多少，用 all 準沒錯！

▶ All of the cities were attacked（所有的城市都被攻擊了。）

▶ All of the members attended the meeting.

（所有的成員都出席了會議。）

▶ All of my friends are important to me.

（我所有的朋友對我來說都很重要。）

④ 全部不可數：All

　　all 用來涵蓋全部的範圍，句型和前面一樣，但要注意動詞用法喔！當對象是不可數名詞時，Be 動詞和一般動詞都要做《第三人稱 · 單數》的變化，例如：walk→walks、are→is。

253 ▸ **All** of the furniture is hand-made.

（所有的傢俱都是手工打造。）

> 「全部」沒有數字的概念，所以也應用在不可數名詞上！注意不可數名詞都視作單數喔！

▶ All of the information is gone.（所有的情報都不見了。）

▶ The generous man took out all of his money.

（那慷慨的男士拿出了他所有的錢。）

▶ All of the gold is in the safe.（所有的黃金都在保險箱裡。）

⑤ 人或事物中的一部份

當描述的對象是人或事物中的一部份時，會用《數量＋ of ＋對象＋描述內容》的句型。描述部分的範圍，依照數量的不同有大有小，例如：one（之一）、some（其中有些）、most（其中大部分）…。

254 ▸ **Some of** the girls came from Australia.

（有些女孩是從澳洲來的。）

> 這句用了過去式動詞 came，但因為主角 girls 是可數名詞，所以其實是複數名詞唷！

▸ Little of the news is known（人們對這消息的瞭解很少。）

▸ Most of us want to avoid rush hour.（我們之中大部分的人都想避開尖峰時間。）

▸ Only a few of them are coming.（他們之中只有一些人要來。）

⑥ 多數之一：One of

one of 表示「其中之一」的意思，是多數之中的一個，所以對象是單數的一人，所以，後面接的動詞要用《第三人稱 · 單數》喔！

255 ▸ **One of** the boys is gentle.

（男孩們其中的一位很溫和。）

> 這裡主詞其實是代名詞 one 喔！所以 be 動詞相對的是單數形才對！

▸ She purchased one of the books.（她買了其中一本書。）

▸ One of the sentences is wrong.（其中有一個句子是錯的。）

▸ One of the boxes is empty.（其中有一個盒子是空的。）

UNIT 16 分詞形容詞

1 現在分詞當形容詞：動詞 -ing

● MP3 056

　　用現在分詞當形容詞，可以讓對方更能想像、體會你所形容的人事物。形容的對象通常是無生命的事或物，因為本身的條件而引起別人的情緒感覺，是「讓人覺得…的」。屬於外界的想法。

256 It was a **surprising** movement.

（那是個驚人的動作。）

> surprise 動詞表示「令人驚訝」，所以同樣主動性質的現在分詞也是「令人驚訝」的意思呢！

▶ Ben is a boring guy.（班是個無聊的傢伙。）

▶ I read an interesting report.（我讀了一個有趣的報告。）

▶ It was an exhausting day!（那真是令人精疲力竭的一天啊！）

2 過去分詞當形容詞：動詞 -ed

　　想讓對方能想像體會你所形容的人事物，也可以用過去分詞當形容詞，而形容的對象，因為外在的條件而造成自身的情緒感受，是「感到…」，屬於每個人自己內在的感受、體會。

257 Lara is **interested** in visiting Hong Kong.

（萊拉對於去香港很有興趣。）

> 是被動語態喔！因為原來的動詞 interest 表示『使…感到興趣』的意思呀！

▶ I am bored of making charts.（我對於製作圖表感到很無聊。）

▶ Mandy is tired of the humid weather.（曼蒂對潮濕的天氣感到厭煩。）

▶ He's scared of traveling alone.（他很怕一個人旅行。）

③ 現在分詞形容詞─放在名詞後

　　靈活使用動詞轉變成的形容詞，可以讓描述的人事物更多了一分生動。現在分詞當作形容詞使用時，位置可以放在名詞後面，用來修飾形容名詞。表示「正在…就是…」。

258 ▸ The movie **playing** now is horrible.

（現在正在播放的電影很可怕。）

> 真正的動詞是 is 喔！分詞等於是修飾 movie 的形容詞而不是動詞。

▸ The day coming after tomorrow is Teacher's Day.

（明天過後到來的是教師節。）

▸ Hi! Is the cell phone ringing yours? （嗨！是你的手機在響嗎？）

▸ The man speaking is the principal.（那個正在說話的男人是校長。）

④ 現在分詞形容詞─放在名詞前

　　靈活使用動詞轉變成的形容詞，可以讓描述的人事物更多了一分生動。現在分詞當作形容詞使用時，位置也可以在名詞前面，用來修飾形容名詞。表示「正在…就是…」。

259 ▸ David loves the **rising** sun.

（大衛喜歡升起的太陽。）

> Rising 只是對太陽的狀態做說明，真正的動詞是前面的 loves 才對。

▸ It's impossible for her to see the flying bird.

（她不可能看得到在飛的鳥兒。）

▸ Stay away from that burning house!（離那棟燃燒中的房子遠一點！）

▸ People were saved from the sinking ship.

（人們從下沈中的船裡被救出來。）

⑤ 過去分詞形容詞—放在名詞後

　　靈活使用動詞轉變成的形容詞，讓描述的對象更生動。過去分詞當作形容詞使用時，位置也可以在名詞後面，而要形容的名詞不是自己進行動作，而是被動地接受那個動作。表示「被…就是…」。

260 　These are the bottles that are **recycled**.

（這些是回收的瓶子。）

> 瓶子一定是『被回收』的一方，所以用有被動意義的過去分詞！

▶ This is the girl protected by the police. （這個女孩是警方在保護的。）

▶ These are the cars provided by Ford. （這些是福特提供的車子。）

▶ This is the gift chosen by Sarah. （這是莎拉挑選的禮物。）

⑥ 過去分詞形容詞—放在名詞前

　　靈活使用動詞轉變成的形容詞，可以讓描述的對象更生動。過去分詞當作形容詞使用時，位置也可以在名詞前面，而要形容的名詞不是自己進行動作，而是被動地接受那個動作。表示「被…就是…」。

261 　The **newly opened** store is across the street.

（那家新開的店面位在對街。）

> 句子裡面增加了副詞 newly，修飾後面的過去分詞，表示『最近被開張』。

▶ Try some sliced melon. （來試試切片的香瓜。）

▶ Be careful with your hurt leg. （小心你受傷的腿。）

▶ I haven't found the lost ring yet. （目前我還沒找到遺失的戒指。）

① 關係代名詞是主格／受格　　● MP3 057

　　把兩句併做一句，需要同時有『代名詞』和『連接詞』作用的關係代名詞詞，來對前面提到的主角加以說明。其中包括了 who（表人）、which 或 that（表事物）。關係代名詞是子句的主格時，不可省略，但作受詞時，是可以省略的。另外，若前面的主詞有 every-、only、最高級用法等情況時，一般使用 that。

262　The insects were alive. We saw them.
　　　→ The insects we saw were alive.

（那些昆蟲是活的。我們看見了它們。）
（→我們看見的那些昆蟲是活的。）

> 昆蟲是『被』我們看見的受詞，所以可以省略關代 that。

▶ She bought a purse. It is expensive.
　　→The purse that she bought is expensive.

（她買了個錢包。那錢包很貴。→她買的錢包很貴。）

▶ I have a classmate. She is very childish.
　　→I have a classmate who is very childish.

（我有個同學。她非常幼稚。→我有個非常幼稚的同學。）

▶ We lost the game. This made us feel disappointed.
　　→We lost the game, which made us feel disappointed.

（我們輸了比賽。這件事情讓我們很失望。→我們輸了比賽的事使得我們很失望。）

② 關係代名詞是所有格

　　《對象＋形容話題…》形容話題是用關係代名詞引導的句子，叫做關係子句，等於是形容詞的作用！當對象是子句的所有格時，不論是人或物都要用 whose（…的）當作關係代名詞。注意 whose 不可省略！

263　Peter has a brother. His height is 180cm.

→ Peter has a brother **whose** height is 180cm.

（彼得有個弟弟。他身高一百八十公分。

→彼得有個身高一百八十公分的弟弟。）

> 知道的是『弟弟的』身高，所以當然要用所有格關代 whose 來說明。

▶ They saw the hunter. His hair was brown.

　→They saw the hunter whose hair was brown.

（他們看見一個獵人。他的頭髮是棕色的。→他們看見一位頭髮是棕色的獵人。）

▶ He met someone.His or her father is a movie star.

　→He met someone whose father is a movie star.

（他遇見了一個人。那個人的爸爸是個電影明星。→他遇見了一個有電影明星爸爸的人。）

▶ I helped a girl. The girl's legs were hurt.

　→I helped a girl whose legs were hurt.

（我幫助了一個女孩。她的雙腿受傷了。→我幫助了一個雙腿受傷的女孩。）

③ That 的省略用法

　　在某些特定動詞後面所接的 that 子句，可以省去關係代名詞 that，至於是哪些動詞，則只能多學多熟悉囉！另外，that 的前面是不能有逗點的！

264　We feel **(that)** God is listening.

（我們感覺到上帝在傾聽。）

> feel 和 is 兩個動詞中間省略了 that 啦，所以動詞其實是 feel 喔！

▶ She hopes (that) her grandson can come. （她希望她的孫子可以來。）

▶ I think (that) the purse is hers. （我認為這錢包是她的。）

▶ We believe (that) he will return. （我們相信他會回來的。）

④ what 的用法

what 除了提問，還可應用在間接敘述上。間接敘述就是《What ＋對象＋動作》，配合上間接敘述前的動作《人＋動作＋間接疑問》，就可以用來說明某人做了什麼、說了什麼。這時 what=the things that...。

265 She doesn't know **what** his favorite dish is.

（她不知道他的最喜歡的菜是什麼。）

> 間接敘述的結構跟問句不同，所以 be 動詞不用倒裝到前面喔！

▶ They don't remember what he replied. （他們不記得他回覆了什麼。）

▶ Do you know what's going on? （你知道現在正發生什麼事嗎？）

▶ I don't understand what he's writing about. （我不懂他再寫什麼。）

⑤ Why 的用法

有時候用直接用問句詢問原因，會有一種質疑別人的感覺，想要避免這種咄咄逼人的口氣時，可以用間接問句《Why ＋對象＋動作》，這樣就可以溫柔、平和的問出想要的答案。

266 I understand **why** she's always at the gym.

（我了解她為什麼總是在健身房了。）

> 疑問詞開頭的子句，在這裡代表『原因』，而句子的動詞是 understand 喔。

▶ They wonder why he is standing. （他們在想他為什麼站著。）

▶ Don't you see why I'm so mad? （你難道不瞭解為什麼我如此生氣嗎？）

▶ He asked her why she lied to him. （他問她為什麼要對他說謊。）

⑥ Where, when, how... 等

其他關係詞還包括 where（表地點）、when（表時間）、how（表方法）等幾個，同樣也都使用《關係詞＋對象＋動作》的句型，形成間接敘述或間接問句。注意動詞和主詞的順序別搞反囉！這和一般問句的寫法剛好相反！

267　No one knows **where** she is now.

（沒有人知道她現在在哪裡。）

> 沒有知道什麼事？就是後面『她現在在哪裡』這件事喔。

▶ Tell me how you did it.（告訴我你是怎麼辦到的。）

▶ Do you know when the plane takes off?（你知道飛機何時起飛嗎？）

▶ I like where you live.（我喜歡你住的地方。）

UNIT 18　補充句型

① 表因為…／若是…／即使…的分詞構句　🔘 MP3 058

要解釋原因、設定條件限制等情況下，都可以用省略式的句型《連接詞＋動名詞，主要子句》，當前後兩個句子裡的主詞是同一人時，可以省略附屬子句中的主詞，並把動詞改成動名詞。如果要加否定詞，要加在動名詞前面喔！

268　**Because** he was in a hurry, he took the highway.

→ Being in a hurry, he took the highway.

（因為趕時間，所以他走高速公路。）

> 分詞 being 和動詞 took 都是在說明主詞 he 喔，注意這裡有暗示因果的關係！

▶ As he is a giant, he can see very far.

→Being a giant, he can see very far.

（因為是個巨人，他可以看得很遠。）

▶ Because he didn't feel well, he decided to stay at home.

→Not feeling well, he decided to stay at home.

（因為他覺得不舒服，所以決定要留在家裡。）

▶ Gary called Kelly because he was thinking of her.

→Thinking of Kelly, Gary called her.

（因為想念著凱莉，蓋瑞於是打了電話給她。）

② 表時間、條件、附帶情況的分詞構句

分詞構句除了說明事情原因，還可以說明時間、條件以及事件的附帶情況等事物。當然，前後句子的主詞也是同一個喔！

269 ` Going to work, I saw a car acceident.

（在我去上班的時候，我看到了一場車禍。）

分詞構句說明了『時間』，同時且同一個主詞又發生了『目擊車禍』的事件。

▶ Talking on the phone, she heard the door bell ring.

（她正在講電話時，聽到門鈴響了。）

▶ Arriving at the theater, we found the show had already started. （當我們到達戲院的時候，發現表演已經開始了。）

▶ Reviewing the page, you will find the answer to the question.

（如果你複習這一頁，就會找到問題的答案。）

③ 假設語氣（1）

要說明一個假設的情境下，會採取怎樣的手段，會用這樣的假設法《If ＋ 主詞＋現在式動詞…, 主詞＋ will ＋原形》，前面做假設情況的說明，後面則是用未來式解釋將會採取的手段。

270 ` **If** he is late, we **will** not hire him.

（如果他遲到了，我們不會僱用他。）

前面『假設的情況』和後面用未來式寫成的的『結果』，都還沒發生喔！

▶ If you pay in cash, the price will be lower.

（如果你付現金，價格會變得比較低。）

▶ If the students look at the examples, they will understand.

（如果學生看那些例子，他們就會懂了。）

▶ If she wins, I'll buy you a drink. （如果她贏了，我就買飲料請你。）

④ 假設語氣（2）

假設用法還可細分為幾種：《If 主詞＋過去動詞…, 主詞＋ should / would / could / might ＋原形動詞》表示『與現在事實相反的假設』，《If 主詞＋ had p.p. ..., 主詞＋ should / would / could / might ＋ have / had p.p.》則表示『與過去事實相反的假設』。

271 **If** I **were** a bird, I could fly!

（如果我是鳥，我就可以飛了！）〔可是我不是〕

這句話也就是說「我不是鳥，所以我也不能飛」的
意思，和假設剛好相反呢！

► If you had helped me, I would have been promoted.

（如果當時你有幫我，我就會被升職了。）〔但你沒有，所以我也沒升職〕

► If it had not been for your advice, we would have failed.

（如果當時沒有你的建議，我們就會失敗了。）〔但是有，所以我們成功了〕

► If I had know him better, I would not have lent him money.

（如果當時我瞭解他多一些，就不會借錢給他了。）〔但我不知道，所以借了〕

1. 人稱代名詞的格的變化

2. 季節、星期、月份

3. 基數詞跟序數詞

4. 縮約形

5. 形容詞．副詞的比較級不規則變化

6. 國名．地名

7. 不規則動詞變化

1. 人稱代名詞的格的變化

	主格	所有格	目地格	所有代名詞	反身代名詞

第一人稱

	主格	所有格	目地格	所有代名詞	反身代名詞
（單數）	I	my	me	mine	myself
（複數）	we	our	us	ours	ourselves

第二人稱

	主格	所有格	目地格	所有代名詞	反身代名詞
（單數）	you	your	you	yours	yourself
（複數）	you	your	you	yours	yourselves

第三人稱

	主格	所有格	目地格	所有代名詞	反身代名詞
（單數）	he	his	him	his	himself
	she	her	her	hers	herself
	it	its	it	its	itself
（複數）	they	their	them	theirs	themselves

2. 季節

春	spring
夏	summer
秋	fall / autumn
冬	winter

星期

星期日	Sunday
星期一	Monday
星期二	Tuesday
星期三	Wednesday
星期四	Thursday
星期五	Friday
星期六	Saturday

月份

1月	January
2月	February
3月	March
4月	April
5月	May
6月	June
7月	July
8月	August
9月	September
10月	October
11月	November
12月	December

3. 基數詞跟序數詞

1	one	first	1st
2	two	second	2nd
3	three	third	3rd
4	four	fourth	4th
5	five	fifth	5th
6	six	sixth	6th
7	seven	seventh	7th
8	eight	eighth	8th
9	nine	ninth	9th
10	ten	tenth	10th
11	eleven	eleventh	11th
12	twelve	twelfth	12th
13	thirteen	thirteenth	13th
14	fourteen	fourteenth	14th
15	fifteen	fifteenth	15th
16	sixteen	sixteenth	16th
17	seventeen	seventeenth	17th
18	eighteen	eighteenth	18th
19	nineteen	nineteenth	19th
20	twenty	twentieth	20th
21	twenty-one	twenty-first	21st
22	twenty-two	twenty-second	22nd
23	twenty-three	wenty-third	23rd

24	twenty-four	twenty-fourth	24th
25	twenty-five	twenty-fifth	25th
30	thirty	thirtieth	30th
40	forty	fortieth	40th
50	fifty	fiftieth	50th
60	sixty	sixtieth	60th
70	seventy	seventieth	70th
80	eighty	eightieth	80th
90	ninety	ninetieth	90th
99	ninety-nine	ninety-ninth	99th
100	one hundred	one hundredth	100th
1000	one thousand	one thousandth	1000th
1萬	ten thousand	ten thousand	10,000th
10萬	one hundred thousand	one hundred thousand	100,00th
100萬	one million	one million	1,000,000th

＊you must use 'the' in front of ordinal numbers

◇ 說說下面的數字

101 →
-one hundred one

334 →
-three hundred thirty-four

1,101 →
-one thousand one

1,672 →
-one thousand six hundred seventy-two

672,534 →
-six hundred thousand seventy-two five hundred thirty-four

1,234,753 →
-one million two hundred thirty-four thousand seven hundred fifty-three

69,000,000 →
-sixty-nine million

4. 縮約形

原形	縮形	原形	縮形	原形	縮形
it is(has)	it's	they are	they're	was not	wasn't
is not	isn't	he is(has)	he's	were not	weren't
are not	aren't	she is (has)	she's	must not	mustn't
do not	don't	can not	can't	I will	I'll
does not	doesn't	cannot	can't	you will	you'll
I am	I'm	there is	there's	he will	he'll
you are	you're	there are	there're	she will	she'll
we are	we're	did not	didn't		

5. 形容詞・副詞的比較級不規則變化

原級	比較級	最高級
good（好的）	better	best
bad（壞的）	worse	worst
many（多數的）	more	most
little（少量的）	less	least
far（遠的)-距離	farther, further	farthest, furthest
far（遠為)-程度	farther, further	farthest, furthest
ill（生病）	more ill	most ill

6. 國名・地名

國家	國名	形容詞	個人（單數）	個人（複數）
台灣	Taiwan	Taiwanese	a Taiwanese	Taiwanese
中國	China	Chinese	a Chinese	Chinese
美國	America	American	an American	Americans
英國	England/Britain	English/British	an Englishman	Englishmen
日本	Japan	Japanese	a Japanese	Japanese
韓國	Korea	Korean	a Korean	Koreans
加拿大	Canada	Canadian	a Canadian	Canadians
德國	Germany	German	a German	Germans
澳洲	Australia	Australian	an Australian	Australians
印度	India	Indian	an Indian	Indians
越南	Vietnam	Vietnamese	a Vietnamese	Vietnamese
泰國	Thailand	Thai	a Thai	Thai
義大利	Italy	Italian	an Italian	Italians
西班牙	Spain	Spanish	a Spaniard	Spaniards
俄羅斯	Russia	Russian	a Russian	Russians

7. 不規則動詞變化

原形	過去式	過去分詞
be[am,is,are]（是）	was, were	been
become（變成）	became	become
begin（開始）	began	begun
break（打破）	broke	broken
bring（拿來）	brought	brought
build（建造）	built	built
buy（買）	bought	bought
catch（捕捉）	caught	caught
choose（選擇）	chose	chosen
come（來）	came	come
cut（割）	cut	cut
do[does]（做）	did	done
draw（畫）	drew	drawn
drink（喝）	drank	drunk
drive（駕駛）	drove	driven
eat（吃）	ate	eaten
fall（掉落）	fell	fallen
feel（觸摸）	felt	felt
find（找出）	found	found
fly（飛）	flew	flown
forget（忘記）	forgot	forgotten
get（得到）	got	got; (US) gotten
give（給）	gave	given
go（去）	went	gone

原形	過去式	過去分詞
grow（成長）	grew	grown
have[has]（持有）	had	had
hear（聽到）	heard	heard
hit（打）	hit	hit
hold（拿住）	held	held
hurt（受傷）	hurt	hurt
keep（保持）	kept	kept
know（知道）	knew	known
lay（放置）	laid	laid
leave（離開）	left	left
lend（借貸）	lent	lent
let（讓）	let	let
lie（躺）	lay	lain
lose（遺失）	lost	lost
make（製作）	made	made
mean（表示…意思）	meant	meant
meet（遇到）	met	met
pay（支付）	paid	paid
put（放置）	put	put
read（讀）	read	read
ride（騎）	rode	ridden
rise（上升）	rose	risen
run（跑）	ran	run
say（說）	said	said

原形	過去式	過去分詞
see（看）	saw	seen
sell（賣）	sold	sold
send（寄，送）	sent	sent
set（安置）	set	set
shut（關閉）	shut	shut
sing（唱歌）	sang	sung
sit（坐）	sat	sat
sleep（睡覺）	slept	slept
speak（說話）	spoke	spoken
spend（花費）	spent	spent
stand（站立）	stood	stood
steal（偷）	stole	stolen
swim（游泳）	swam	swum
take（拿）	took	taken
teach（教）	taught	taught
tell（告訴）	told	told
think（思考）	thought	thought
throw（投）	threw	thrown
understand（瞭解）	understood	understood
wake（醒著）	woke	woken
wear（穿著）	wore	worn
win（獲勝）	won	won
write（書寫）	wrote	written

天天開口說的──

初級英文法 134
25K＋MP3

【 I good 英語 4 】

■ 發行人╱**林德勝**

■ 著者╱**里昂**

■ 設計・創意主編╱**吳欣樺**

■ 出版發行╱**山田社文化事業有限公司**
　　臺北市大安區安和路一段112巷17號7樓
　　電話　02-2755-7622
　　傳真　02-2700-1887

■ 郵政劃撥╱ **19867160號　大原文化事業有限公司**

■ 總經銷╱**聯合發行股份有限公司**
　　新北市新店區寶橋路235巷6弄6號2樓
　　電話　02-2917-8022
　　傳真　02-2915-6275

■ 印刷╱**上鎰數位科技印刷有限公司**

■ 法律顧問╱**林長振法律事務所　林長振律師**

■ 書＋MP3╱**定價　新台幣299元**

■ 初版╱**2016年5月**

© ISBN : 978-986-246-442-7
2016, Shan Tian She Culture Co. , Ltd.